# クトゥルー　多元宇宙《マルチバース》の侵入！



青心社

カバーイラスト：南風麗魔《みなみかぜれま》

# 彷徨《さまよ》える炎を追って

天満橋　理花

寺の石段は泥と黄色い銀杏《いちょう》の葉にまみれていた。昨夜は嵐だった。今は静かな夕映え。

「……これを掃き清めるのは、苦行じゃないか？」

清掃ボランティアに来た大塚聡《おおつかさとし》は、昔ながらの竹箒《たけぼうき》をもったまま境内を見回した。

「うわー、とりあえず動画にとっとこ」

聡と同じく東石津高校歴史部員の、立川友彦《たてかわともひこ》は、箒を近くの銀杏の木に立てかけて、携帯端末をかざした。ブレザーの制服に、眼鏡をかけている。災害の記録を撮ることは、郷土史を扱う歴史部の活動でもあった。

先輩達は地元の古老から、学生運動に参加したり、富士山レーダーを見学した話を聞いて記録していた。東石津高校歴史部は地元では名物となっている。

そして、聡達は担当顧問の松井先生に、放課後時間がある者は東岩水寺《ひがしがんすいじ》に手伝いに行ってあげて欲しいと言われたのだ。寺で暮らしているのは独身の住職である津久井《つくい》一人だ。

歴史部員自体は十人ぐらいいるが、こういう活動に参加する部員は大塚達四人ほどだ。

「……とりあえず、がんばろっ！」

女子部員の渡辺《わたなべ》ゆかりが、ざっと箒を横に掃いた。ゆるやかなくせ毛が揺れる。髪が肩につかない長さのボブカット。茶色の大きな瞳が聡を見つめて、はげますように笑った。聡は箒を握ったまま、微笑み返した。

「そうそう、修行、修行」

友彦は動画に声が入るのもかまわずに、撮影を続けている。

寺の本堂は里山の踊り場のような場所にあった。そこまでの石段は、転がり落ちたら死ねる長さ。

「今週末、境内での古書市だよね」

曇天の下、三浜直美《みはまなおみ》の金色の蝶のバレッタがかすかな光を放った。放課後用の装備アイテムだ。長めの髪を後ろで束ねている。直美が好きな時代は平安時代だが、高校の歴史部で調査できるのは、江戸時代までが現実的。それで「浮世絵に残る地元の風景」という展示を学園祭ではしていた。

「うーん、週末の古書市は中止なんじゃないかな。住職さんによると、停電もしているらしいの。火事にならなくてよかったね」

ゆかりがそう答える。雑談しながら掃いていると、

「スミマセーン、今日はこのテンプラ……テラはお休みデスか？」という、英語訛《なま》りの通る声が響いた。

門前にブルーの登山ウェアを着た長身の男が立っていた。ゴールドアッシュの髪に、白い肌。薄いグレーの瞳。黒革のケースに入ったA5サイズのタブレットPCらしきものを左手に持っている。

少ないながらこの街にも訪れる、観光客かもしれない。部員同士が顔を見合わせる中で、檀家の娘であるゆかりが進み出た。

「はい、今日は寺へは関係者しか入れません。住職の津久井を呼んで参りましょうか？」

「ダイジョーブ。また来ます。このコンピュータは翻訳機としての使用中デス。原因はあめ……デスか？」

「はい。雨です。泥が通路を塞いでいます」

念のために自分も翻訳アプリを起動しながら、ゆかりが答える。

「数日前には地震もありましたよネ？　大変ですが、ガンバッテください。ワタシはこういう者です」

「はい、ありがとうございます」

ゆかりは一礼して受け取った。金と銀の箔が散った雲龍紙の上の名は、

『ミスカトニック大学准教授　スティーブ・キャメロン』

「えっと、これが門前払いってやつかな？」

キャメロンの姿が見えなくなると、友彦が言った。

石段の落ち葉と小枝をなんとか境内のすみに掃き寄せて、聡はゆかりに聞いた。

「本堂までの参道が残ってるけど、どうしようか？」

このまま本堂の前も掃いたら、暗い中を帰ることになりそうだった。

「夜までには終わるかなぁ？　飛んで帰りたーい」

家の遠い友彦が箒にまたがって見せた。そして、携帯端末で時間を確認している。

「住職さんに名刺を渡すついでに、聞いてくるね。みんなは、ちょっと一休みしてて」

ゆかりが寺務所へと行った後で、三人は動画を撮り始めた友彦と一緒に本堂近くの庭を歩いた。

滝行に使われる小さな滝は、壊れたコーヒーサーバーのように茶色い水を吐いている。これに打たれたら、汚れるだけでなく、怪我すらしそうだ。

滝の水をひいた池は水の出口部分が壊れ、水位が下がっていた。睡蓮は乱れ、泥の中に錦鯉がうずくまる。

この寺の鯉があの滝を登って龍になるのを見たという話も、昭和辺りまではあったという。

「あれ!?　鯰《なまず》石が倒れている！」と、直美が声を上げた。

地震を起こすナマズを押さえているという伝説のある大きな黒い石が倒れ、池の泥に半ば埋まっている。つややかな黒い岩肌に混じる暗い緑の輝き。まるで墓石のようだ。

「倒れているだけじゃなくて、割れていないかこれ？」

聡は急いで端末の中の写真を探す。泥の中なのでよくわからないが、形が違う。

「えっ!?」

友彦が箒を石碑の近くの泥に突っ込む。大小いくつかの石片が見つかる。

「やっぱり欠けてるな……」

「うわ、これ、まずいやつ。地震が起きちゃうじゃん」

友彦がオーバーな身振りで自分の額を叩く。そして、再び動画撮影。

「いや、地震はすでに起きたから」

五日前に小さな地震が起きた。写真立てが倒れる程度のありふれた揺れ。

「それはきっと余震だ！」

わいわい話しているとゆかりの声がした。

「お疲れー」

住職の津久井が一緒だった。

「ご苦労様。池や庭石などは、いつもの庭師がおるから、ここの石畳を軽く掃いてくださるかな」

「元通りの趣《おもむき》あるお庭になるんでしょうか？」

直美が心配そうに聞く。

「これを機に、石や池の位置を変えても良いかもしれぬ」

その後、掃除のお礼として、ペットボトルのお茶とおまんじゅうが配られた。

「疲れたけど、アップの許可ももらったし、これはスクープ映像！」

自転車に乗った友彦は、家へと帰って行った。

他人の不幸を喜んでる感じになるからやめろとは思ったが、部員しかいない場だし、聡は黙っておくことにした。ゆかりもまた「後で、ＳＮＳの部室でねー」と手を振って去って行った。聡と直美は並んで歩いた。

「……今日はちょっと、疲れたよね。休みたくなったな。この角を曲がった喫茶店、和紅茶が美味しいの。今度の部誌の内容とか一緒に話さない？」

「ごめん、今日は祖母と夕食を作らないと」

「そっか、大変だね」と、直美はうつむき「さようなら」と角を曲がっていった。

あれ？　もしかして今のお茶しようはデートのお誘いだったのか？

聡は黄昏の帰り道にふと気がついた。でも、記録の残らない形で話したいご家庭の事情とかかもしれない。いや、それなら、地元の喫茶店はまずいか。

友彦と二人で喫茶店は時々あったけど、ゆかりに誘われたことはないな……。

青みを増す空には色の薄い月が出ていた。

　聡は祖母との夕食の後、部活仲間とＳＮＳ上で楽しくボイスチャットしていた。

　すると、玄関チャイムが鳴った。チャットを退出して遅く帰ってきた父親を出迎える。

　夕食を温めたりしながら、父親に「祖母は自室のキーボードで短歌を詠んでる」と伝える。

　父親は地震や大雨で地震計が傾いたり、太陽電池パネルが割れたりしていないかを、チェックしてまわっていたそうだ。

「しばらく学校は休みなさい。行くとしても、授業が終わったらまっすぐ帰ってきなさい」

「おばあちゃん、病院で何か言われたの？」

「血糖値が高めだそうだが、そうじゃない。研究所で、少し大きめの地震が起こるかもしれない、という予測が出た。万が一の用心だ」

「……わかった。はやく帰るようにするよ」

　聡はうなずいた。本当に、部活を休むことが正しいのだろうか。疑問はあったが、父親が疲れている様子なので、言い争いたくなかった。

　聡の父親は気象庁の外郭団体である、未来防災研究所の観測所に勤めている。この県は北米プレートとフィリピンプレートの境界上にあり、火山帯で地震多発地帯である。

　地震予知は地震大国日本の悲願であるが、困難だった。

　しかし近年、観測機器の発達や観測手段の多様化、ＡＩによるデータ処理技術の発展により、

「コイントスよりはあたる」ようになってきた。

「数日前の小さな地震も、研究所は予測していた」

地震の多い県では「来月地震が起きる」という予測の価値は、「来週雨が降る」程度しかない。聡は思ったが、口には出さなかった。

聡は皿を洗い始めた。母親は離婚して、今は四国で暮らしている。

母親は「パートの自分の給料では、息子を大学に行かせられない」といって、中学生になったばかりの息子の親権を手放した。父と母は共に大卒だった。約束をしたところで、一緒に暮らしていない父が、母に毎月ちゃんと養育費を振り込むのかと。

母は中学生の聡にこういった。

「あなたは生まれたこの土地で、お友達と過ごす方がいいでしょう?」

でも、まだ家族だったとき、母が誰かに電話しているのをたまたま聞いたことがある。

『私にはもっと違う人生があるはずなのよ』

母はすでに再婚している。

きっと母は「息子のいない自由な人生」が欲しかったんだ。

皿と鍋を洗い終わり、聡は自室に戻った。

歴史部のボイスチャットは初期設定では録音されない。聡が中座していた間の記録は残っていなかった。画面の一部には、さっきはなかった鯰石の割れる前の写真が表示されている。

曇り空の下、力士がぬうと立っているような威容だ。御影石だろうか。それに「これが伝説のナマズ石だ！」というキャプション。

「大塚さん　今、東岩水寺の伝説について話をしてたの。あの名刺くれた人、本当に准教授だったみたい。ミスカトニック大学の公式サイトを検索したら出てきた。『多神教における様々な神の現れ』を研究しているとか」

ゆかりが猫耳をつけたアバター姿でいう。

このチャットルームの仮想背景は、東京を硝子と電飾で飾り立てたような、どこにもない未来都市だった。

「一神教の立場から見た、不動明王や天照大神の話かな」

聡は以前見た、歴史解説系動画の内容を思い出していた。

「日本のゲームや映画の世界では、ヤハウェっぽい神を倒し、米国製だと逆になるやぁつ」

友彦はタヌキ耳だ。頭に葉っぱものっている。

聡は写真と一緒に表示されている文章で、鯰石伝説を確認した。

『昔この山には地震を起こす鯰がいた。人々は鯰を静めるために、若い娘を生贄《いけにえ》に捧げていた。あるとき、旅の僧が娘を気の毒に思い、生贄を納める長持に代わりに入った。長持は力自慢の力士二人が山奥に運んでいった。長持を開けた鯰は真っ赤になって怒ったが、僧が経を唱えると、龍神が現れ雷で鯰を打った。そして力士二人は大きな石を投げ落として、鯰を池の底に封じた。　東石津高校歴史部調べ』

「みんな普段郷土史なんか興味ないくせに、鯰石が割れた途端、大地震の前触れとかすっげー話題にしてんの。今、解説動画にすれば大ヒット！」

友彦がいつもより早口だ。

「いっそ紙芝居にしてみない？　地元の図書館で読むとか」

絵の描ける直美がいう。頭についた青い蝶がゆれている。

「今時、幼稚園児でも動画だろぉ」

友彦が食い下がったが、ゆかりは直美に話しかけた。

「お寺は大変だって父がいってた。滝や池をなおさないで、砂地に鯰石だけおくようにすれば、維持費もそんなかからないって。でも、龍神様のお住まいという伝説があるから」

檀家の娘であるゆかりが、歴史部では一番の事情通だ。

「いっそ、風呂桶ぐらいの池にしちゃえ」

「鯉かわいそう」

直美の気持ちもわかるが、大雨のたびに修繕することを考えたら、友彦の提案もありだ。

「他にも寺と檀家との話し合いでは、色々出たみたい。割れた鯰石をどうするか、とか。新しい石で同じものをつくろうとか、割れた状態の石をそのまま飾るとか」

「割れた石を飾るって、大雨の祈念碑にすんのかな？」

「そうみたい。でも、これは私も同意なんだけど、住職さんが『ささやかな不幸は記録にのみ残し、記憶には残さないのがよい』といったの。でも、石が割れたのは、ささやかな不幸じゃないという人もいて、話し合いは大変だったらしいの」

あ、ガチの宗教論争の気配……。檀家ではない聡は下手に口を挟まないでおこうと思った。

「いっそ、もっと大きな石を据えた方がいいんじゃないか？　地震が起こる回数が減るかも」

鯰封じは、物理的なものだったのか？

「伝説ではあの石は、嵐の日に海岸に流れ着いた石に、僧が呪文を彫り込んだともいわれている、よな？　寄神《よりがみ》信仰の一種かもと」

過去の部誌の記述を聡は思い出した。

「そう。呪文が途切れたままの石じゃ、ちょっとキビしいかもね」

直美も覚えていたらしい。

「そういえば、未来防災研究所の予報聞いた？　より大きな地震が来るっていう」

ゆかりの話に聡は耳を澄ませた。アバターを使用したボイスチャットでは、表情とは声の調子だ。

「聞いたー。あそこの予報は最近当たるっていうから、非常食として飴とチョコを買い込んだ」

「昭和から伝わる博多人形が倒れないようにしなきゃ」

友彦、直美、ゆかりの誰も対策として学校や部活を休むとはいわなかった。当然か。友彦の父も研究所勤めなのに、何も聞いていないのだろうか。聡の父の方が所内の地位が高いので、嫌みになりそうで詳しく聞けない。そして、ゆかりの声が不安そうなのが気がかりだった。

「僕も水とトイレットペーパーでも買っておこうかな。箱で」

聡は話を合わせた。そして、大学受験のためのネット通信塾のスケジュールが変更になったので、部活は当分チャット参加と放課後のちょっとした顔出しのみになると言った。

部員達は少し残念そうだったが「そっか、がんばれよ」と励ましてくれた。

聡は、自習用のサイトにアクセスした。

自分はいずれ東京の大学に通うことになるんだ。昼間の直美の誘いがデートでも、それに応えるわけにはいかない。ゆかりに「彼氏いる?」と聞いてみることも……。

数日後、三十分だけ、と放課後の部室に顔を出した聡は、直美に「明日の土曜古本市に行かない?」と誘われた。

部活動の一環として、古本市の一角で部誌を配布するのだ。内容は「やるなら今!」と、友彦企画の『鯰石の伝説』特集である。

「大塚さんも、忙しい中、記事を執筆してくれたものね」

部誌が無事に発行できてうれしいのだろう。ゆかりは明るく笑った。

その笑顔に釣られて約束する。

「買い物の際に、一時間ほど手伝うよ」

「私達だけでも、大丈夫よ。ほら、また地震があるかもしれないし」

そういいながら、ゆかりはうれしそうに笑った。


鯰石が割れるという事件があったので、境内での古本市はいつもより賑わっていた。

近所の古本屋が机にセピア色の本を並べている。地元の喫茶店が、パンを並べている。酒屋もドリンククーラーで清涼飲料を売っている。キャベツを売っている農家もある。

歴史部の部誌はどこで配っているのだろうと、聡は人の間をすり抜ける。と、私服の友彦に肩を叩かれた。

「やっ、遅かったな。今回は無料配布したせいか、もうなくなった。はー、いっそ一冊百円で、収益は全額寄付させていただきますでもよかったかなー」

聡は友彦が「ほら」と手で示す先を見た。

寺の庭を再建するために、今回は寄進を受け付けるための机が設置されている。

張り紙もあった。

『匿名でのご寄付は、直接賽銭箱へお願いします』

そう書きつつ、机の上に透明な募金箱ものっていた。札と小銭がそこそこ入っていたので、気軽ではあるのだろう。

寄付の総額で鯰石を新しくするかどうかとか、池の大きさとかが決まるのだろうか。

「これが勧進帳かー」と友彦が寄進者のリストを作っているのを、友彦が遠目に見ていう。

「では俺は一月のお小遣い分の寄進を」と、友彦がいって、あらかじめ用意していた封筒を見せる。

聡は慌てて財布のお金を心の中で数えた。

「渡辺達は帰ったのかな？」

「本堂の近くで、危ないので鯰石には近づかないでください、という案内をしてる。野次馬が多いんだ。でも、昨日もまた雨降ったし、泥沼であぶない。だけど、檀家や地元の人には現状を見せないと、って」

急な石段を二人で上る。正月でもないのに賽銭箱には列ができていた。

池の周囲にロープが張られ、檀家らしき若い男性がロープを越えようとした撮影者を、注意している。ゆかり達もいた。

賽銭箱の向こうの本堂では、住職が年配の男性と何事か話している。

半端に水の入った池には鯉がいない。

「鯉はかわいそうだから、希望する檀家の人に引き取ってもらったって」

ゆかりが説明してくれた。

「大塚さん、来てくれたの。部誌がはけたお祝いに下でジュース買ってこようか？　四人で乾杯しよ？」

直美はにこにこしている。これからスーパーに買い物に行くから、と聡は言おうとしたが、そうだね、お願い、と言った。

友彦は周囲に混じって、割れた鯰石を撮影する。

ゆかりは案内を続け、聡は本堂の脇で鯰石を見ていた。

そのとき、地面が確かに揺れた。

「地震か？」「また!?」

周囲がざわつく。

聡は池の水面が揺れているかどうかを見ようとした。

割れた鯰石の下、水の中で火が燃えていた。

それは尾を引く炎の玉となってくるくると渦を巻きながら、舞い上がった。瓦屋根に一瞬座り込むように丸まったあと、本堂の中へと身を隠した。

「今のは何だったんだ」と誰かがつぶやいた。

その言葉に聡は自分だけが見えたわけではないと思った。

少し揺れただけなら、ここにこのまま……と、聡はそのまま立っていた。

その時、「火事だ！」という声がした。本堂の奥の方から勢いよく煙が流れてくる。護摩《ごま》を焚いているのか？　と、思っていると、風が強く吹いた。その風にのって、火のついた布や紙が飛んできた。

「ほんとに火事よ！」誰かが叫び、本堂から離れようとした。一気に騒がしくなった。

友彦がサッと携帯端末を取り出した。

動画を撮るのかと思いきや「もしもし、消防ですか！」と大声を張り上げるのが聞こえた。

話しながら、友彦は人のいない山の方へと急ぎ足で歩いて行く。

「住職さんは!?」その場に立ちすくむゆかりに、とりわけ大きな火の粉が飛んできた。

ゆかりのコットンのブラウスと薄手のカーディガンを、炎がなめる。

「あっ!?」

ゆかりは慌ててはたいた。地面に転がるには、人が多すぎる。

その様子を見て、周囲からさらに悲鳴が上がる。

聡はロープを渡したポールを蹴り倒して、火のついたゆかりを抱きかかえたまま、水の少ない池に飛び込む。

池の泥は意外に深く、火は、一瞬で消えた。

それを見て、他の人も火から逃れようと池に向かってきた。

ゆかりは何が起きたのか呆然としていたが、聡が手をひくと、よろけながら一緒に池のふちを上った。そのまま友彦のいる、細い滝が流れ落ちている場所を目指す。

その時、石段の方から何人もの悲鳴が聞こえた。中に直美の声が混じっているようだった。


東岩水寺の火事は全国ニュースになった。

消火器を手に火元へ向かった住職は煙に巻かれて、亡くなった。

火事に驚いて逃げようとした誰かが石段で転び、何人もが連鎖的に倒れた。直美もそれに巻き込まれた。彼女の人生は十代で閉じた。

友彦と聡は身内向けの葬式に出た。二人は新聞記者にマイクを向けられたりした。だが、何も言わずに家に帰った。

単なる事故ではない「不吉なもの」扱いだった。験石をすぐに直さなかったのがよくないという、「迷信深い」批判もあった。

ゆかりは……直美の葬式にはこなかった。

火事の直後は、ぼうっとしつつも落ち着いた様子だった。だが、病院で直美が死亡したという知らせを聞き、軽い火傷のための鎮痛剤を飲んで眠った後、薬の量に不釣り合いな深い眠りに陥り、数日目を覚まさなかった。

「家にいなさい」という、父親の言いつけを破った格好になった聡だが、「信頼がないのだな」とだけ父親に言われた。

それを否定はできなかった。でも、信じるべきだったのだろう。聡が東岩水寺に寄らなければ、直美はあのタイミングで、飲み物を買いに行ったりしなかったはずだ。


「遺作になってしまったんだ、これ」

二人きりの部室で友彦が『鯰石伝説特集』の部誌を差し出した。表紙を描いたのは、直美だった。

水彩調だが、ＣＧだ。なまずも力士もどこかかわいらしい。

なまずは薄紅に塗られていた。文章の方に赤鯰とあるので、それに従ったのだろう。

赤鯰。

火事の直前に見た炎。あの勾玉のような形はたしかになまずに見えた。朱に縁取られた金色。

「なんで赤鯰と記述した本があるんだ？」

「えっと、溶岩の擬人化という説をどっかで読んだな」

「なるほど……」

あのとき見えた炎。しかし、本当に鯰石の下から怪火が這い出たのだろうか。その写真も動画もない。記憶だけ。もしかしたら、火事の記憶と伝説のイメージが、火災の衝撃で混ざってしまっているのかもしれない。

「おジャましまス」

部室のドアが開いて、金髪の男が現れた。

歴史部顧問の松尾広也《まつおひろや》先生が一緒だ。

「こちらはミスカトニック大学のスティーブ・キャメロン准教授。この地方の伝説を調査に来られたそうだ」

「こんにちは」

友彦と聡は挨拶をした。

スーツを着ていると、「知られざる日本を旅する外国人観光客」ではなく「お雇い外国人教師」といった雰囲気が出る。

「すでに、区の図書館や国会図書館にも足を運ばれ、この地域の伝説についてある程度の知識は得ていらっしゃる。部誌も読まれたそうだ。地元での聞き取り調査がしたいそうなので、少しいいかな?」

日本史担当である松尾先生としては、協力してあげたいらしい。

「鯰石が割れた後さらなる悲劇があり、皆さんが悲しんでおられることは、松尾先生にお聞きしました。だけど、ワタシは若い世代であるアナタ方のお話も聞きたいデス」

聡達は顔を見合わせて、「大丈夫です」と答えた。

松尾先生は、職員室にいるから、と言い残して去って行った。

「東岩水寺の『鯰石伝説』は、いわゆる竜殺しであると、大塚サンは部誌に書きましたネ」

「はい、神の力を借りた英雄が悪しき竜を倒すという話です。新約聖書の黙示録でも天使ミカエルがサタンという竜を倒します。ナマズ退治の話は、鹿島神宮にもあります。天照大神の命を受けた建御雷神が、地震を起こすナマズの頭を長い石の棒で刺して、釘付けにしたというものです」

「『要石』ですネ。地面からは少ししか出ていないが、深い地の底まで届いているという。折れたり欠けたりするリスクを考えたら、釘のように頭しか出さないのは、いい方法デス」

「これは失礼な質問かもしれません。アナタ方は、あの寺に本当にカミやデーモンが封じられていると信じまス？」

「いいえ。……でも、火事があってから、わからなくなってきました」

直美は転落死。ゆかりは意識不明。そしてあの時見た炎。聡は部員二人の運命を「ただの外れクジ」と思うことができなかった。化物の「生贄」かもしれないと。

「キャメロン先生は、信じますか？」

「多くの伝説には何らかの真実が隠されていると思いマス。アナタ方は、いかなる力で、ナマズが封じられていると思っていますか？」

「え、龍神でしょうか」

「大日如来様のお力では？」

友彦と聡は、それぞれに答を返し顔を見合わせた。

特別授業を受けている気分になってきたな、と聡は少し背筋を伸ばした。部誌のためにネットと図書館で調べまくったが、その程度のことは准教授側もやってきているらしい。

「ワタシは魔物を封印するという、魔術の原理をシリタイ」

「あの……、封印したい魔物でも」

「ワタシなら、悪魔を地獄に鎖でつなぎたいですネ」

キャメロン准教授は面白そうに笑っている。言葉がたどたどしいので、不思議外人さんに思えていたが、極東まで、フィールドワークに来た学者だ。

「しかし、ワタシが調査に来たのに東岩水寺は火事になり、資料は失われてしまったのです」

「お気の毒です」

本気で残念そうなので、聡は少し同情した。

「しかし、多神教としての仏教を研究なさりたいのなら、他にも大きなお寺があるのでは？」

キャメロン准教授は少しの間、んーと考え込んでいたが、「これはヒミツです」と言った。

「何年か前の話です。東岩水寺の先代住職から、ミスカトニック大学に手紙が来ました。古文書の中に漢文でも日本の古文でもないものがあったそうデス。ワタシの教官は旧支配者と呼ばれる存在に捧げた祈祷文の一部ではないかという返事をしました。それっきり、手紙の返事はこなかったそうです。教授も忙しいからそのまま放っておきました」

「旧支配者とは、ネイティブアメリカンの神ですか？」

「アメリカ東海岸の入植者達の側で語られた神秘的存在でス。これは文献も限られていて、研究が困難な分野でス。アメリカは移民大国ですから、母国の神が歪んで語られたのかもしれません。ワタシが東洋思想研究のために日本語学習を始めたら、教授はそういえばと東岩水寺の話をしてくれました。しかし、先代住職はなくなられたということですネ」

「三年前になくなった先代住職は、宗教家らしく、神秘を信じていたと聞きます」

　聡は石が割れた後、ゆかりが話していたことを思い出した。

「もし先代住職の時に石が割れたら、あの方は率先して『これは不吉じゃ！　再び鯰石を据え、龍神様のお住まいを清めねばならぬ！』とか言って、何が何でもあの庭を復活させたかも」

　先日亡くなった住職は、激務で体を壊した元会社員だった。深く仏教を信仰していたが、道徳や哲学といった「思想としての仏教」の方向だった。

「宇宙の神秘の表れである如来」という先代とはそこが違った。

　あの日、自分が見たものが真実ならば、あの火は直美達を殺したとても恐ろしいもの。

「何か心当たりがありまス？」

「いえ……」この准教授は単なる親切で教えてくれているのではなく、何か調べている最中なのだ。聡は警戒心を握りしめた。

部室にキャメロン准教授が来訪した次の日、聡は意を決して、ゆかりの家に向かった。

ゆかりの母親は、祖父と衣料店を経営していたが、火傷を負ったゆかりを心配して、家にいた。聡が挨拶すると、深々と頭を下げた。

「娘を助けてくださってありがとうございます。娘はあの事故の後で少し記憶が混乱しているようで、病院で目を覚ますなり『お母さん、私、聡と久深山《くじんやま》パークに行ったよね』と言い出しまして」

「えっ……。前に部活の歴史調査で行きましたけど、久深山パークではなく、久深山です。渡辺さんや立川さんも一緒で」

「あっ、部活、そうですよね。仲の良い友達がいて……」

ゆかりの母親は、そこで言葉を詰まらせた。

聡は悲しそうにしたらいいのか、にこやかに笑った方がいいのか迷いながら、ゆかりの部屋の扉を開けた。

「大塚さん……！」

一週間会わなかっただけのはずなのに、ゆかりは懐かしそうな笑顔で聡を見た。

ゆかりの部屋に入るのは初めてだった。ゆかりの母親が、紅茶のペットボトルと個包装のクッキーを出してくれた。

「服が燃えたので、見えないところに痕があるの。でもいずれ治るって、お医者さんが言ってた」

「よかった……」

「私も、そろそろ学校に通うわ。この一週間でちゃんと休んだもの。歴史部にも出る」

「大丈夫？」

直美のいない歴史部の部室は暗い。

「家族はいっそ転校したらっていってくれたけど、卒業までは通うつもり」

東岩水寺の話を出していいものか聡は迷ったが、聡は昨日のキャメロンとの会話を話した。ヒミツと言われたことは一応伏せた。

「そう、東岩水寺が火事になったニュースを聞いて、キャメロンさんという研究者が部室に訪ねてきたのね」

やっぱり、混乱してるみたいだ。あの時、寺でゆかりが名刺をもらったのに。

「寺の教えを信じているかと、聞かれたよ。だけど、鯰石伝説はよくあるお伽話じゃないかな」

「でも大塚さん、鯰石が本当に、何かの神と呼ぶべき存在を封じているかもしれないって感じない？」

「うーん、ここらの地震の原因は火山活動だしな」

何かを見たなどとは言えなかった。

「そうね。自然災害を昔は神の御業《みわざ》としただけかもしれない」

ゆかりはそういって、カップに紅茶を注ぎ直した。聡にもついでくれる。

「はは。なんか、二人っきりの会話なのに、歴史部の部室と変わらないな」

「ねえ、大塚さん」

ゆかりが真剣な表情でこちらを見つめてくる。もしかして、これは重大な告白の雰囲気？

「実は、私は火の邪神を封印するために異次元から来たの」

はい？

てっきり「愛している」か「死にたい」だと。

「私はこの次元の渡辺ゆかりじゃないの。彼女は今、寝ている」

「そうか、名前は同じなんだね」

こういう場合なんといえばいいのだろう。SFみたい、というのも失礼な気が。これは、記憶の混乱どころじゃないんじゃないかと思いながら、聡は話を聞いた。

「調査によると、東岩水寺はもっとこの辺りに人口が少ない平安時代から、異次元からの来訪者が周囲の出来事を記録するのに使っていたらしいの。一種の観測所ね」

「そ、そうなんだ」

「なんらかの理由で、神秘の力を持つ異次元人は去ったけど、一部の書類は残された。書類と言っても金属板に記録された謎の図形や文字。それを先代の住職が発見し、近所で科学的な研究ができそうな未来防災研究所に持ち込んだ。あそこは地震が専門だけど、金属を分析する機器もあった。さらに、学閥だの親族だの古巣だのの科学者ネットワークが駆使された。例えば、立川さんのお父さんのお父さんは言語学者。そうやって、この地域の過去の地震記録と、異次元に精神を転移させる方法が部分的に解読できたの。でも、調査中に私の世界でも火事が起きて、東岩水寺は全焼。そして、神が解き放たれたの」

「渡辺さんはその技術を使って、異次元から精神だけ来たのか」

聡はまじまじとゆかりを見た。ゆかりの声の調子からはいつもとは違う、強い意思が感じられた。

「あのさまよう炎の神は、最終的に近くの火山、久深山に住むようになったの」

「ペレみたいだな」

「そのせいで、久深山がこの街が壊滅するぐらいの噴火をして」

「おおごとすぎる！」

「だから、私はこの世界で火の神を封印する方法を見つけたい。私の次元での未来防災研究所が、精神転移に協力してくれたの。色々大変だったけど、私の世界では直美は生きているの。友彦と仲の良いカップルで」

　直美は異次元では生きている、その言葉が胸に刺さった。

「鯰石に書いてある古代文字の拓本があるはずなの。それがあれば、あの火の神を封印できる」

「しかし、なんで君なんだ？　女子高校生にできることって少ないだろ。男子でも」

　どうせなら、未来防災研究所の所長とかの大人に憑依すれば話が即座にすみそう。

「異次元人の残した記録から、他者の肉体に憑依して異次元で行動する技術が得られたんだけど、本人？　であること、単なる睡眠より深い意識不明状態であること、ただし肉体は健康であることなどが、精神転移がうまく行く条件らしいの。でも、この地域で条件を満たす人が少なくて」

「選ばれてしまったんだね」

「それにね、住職さんが火事で亡くなってしまったよね。独身の方だったし、お弟子さんもいない。宗派の方に問い合わせているけど、代わりの住職さんもすぐには見つからないって」

「今、東岩水寺の住職とか、まさに火中の栗だな」

「だから、しばらく檀家が敷地の管理を預かるの。門を封鎖して、人が入ってこないようにして、寺の今後を考える」

　これは廃寺の危機ではなかろうか。

「それでね、なんと私のお父さんが檀家として管理してるの。立ち入り許可をもらえるかも」

「あっ、もしかして、鯰石伝説に関して独自調査ができる?」

「そうなの」

ゆかりは、ふふっと笑った。

その後、色々と雑談をした。聡が帰るとき、ゆかりはこう言った。

「二人だけの時はゆかりって呼んでくれる? あっ、私は大塚さんの目から見ると知らないゆかりだったね。混乱するか。ごめん」

ゆかりは直美が死んでしまったことに耐えきれず、自分は異次元から来た別の「渡辺ゆかり」だと思い込んでいるんだ。

聡はそう思った。しかし、キャメロンも似たようなことを言っていたのが気になった。

寺を焼いたあの火を封印する方法がある。

もしかして、ゆかりは先代住職も含めて色々な人に聞いた話を、冗談めかして伝えようとしているのでは。

聡は、家に帰った。そして、夕食の肉じゃがを作りながら、祖母と話した。先代の住職とはどんな僧だったのか。

「宇宙の真理を悟り、仏と一体になるべく、日々滝行に励んでおられたよ。あの方がなくなってから、あの寺も傾いたねえ」

「そういえば、突然お亡くなりになったとか」

「心臓発作か何かで、突然死だったよ。まあ、お迎えが来てもおかしくない年だったから」

おそらく、先日火事で亡くなった新しい住職は何も知らない。

代々伝えていくことが難しい現代日本社会で、寺は代替わりし、檀家も過去の風習を忘れていく。

そうなると、この世界にゆかりの探している「封印の方法」は残っているのだろうか。

夕食後、聡はボイスチャットで友彦と二人だけで話す。

最近の会話が雑談ではなくなってきているので、音声を記録する設定にする。

「ゆかりの話では、東岩水寺の過去の住職の日記が数年前、未来防災研究所で研究されたらしい」

あくまでも別次元での話だというが、この世界ではどうなんだろうか。

「あー、もしかして過去の地震を正確に記録した日記帳とか？」

「心当たりがあるのか」

「あるある。ここの地域の地震予報は、ある時からいきなり正確になったって、パパが去年怪しんでいた。地震計が倍の数設置されたわけでもない。公に言えないような取り方をしたデータを密かにＡＩに学習させたとかかなって。でも、担当じゃないし、追求しない方がよさそうだって、その後、話さなくなった。でも、寺が開かれてから数百年分の地震のデータがもしかしてあるのか。すごいな」

友彦は納得した様子だった。近代的な地震計の発明はたかだか百数十年前。それ以前は公文書や日記が頼りだ。

「そういえば、友彦の祖父は言語学者だったよね」

「ああ、聡にだけは昔、話したかな。中東の古文書とか読める人で、俺の歴史部も祖父の影響なんだけど、去年……。悲しかったな」

いや、聞いてない。もしかしておまえも記憶をなくした異次元人か。ゆかりにだけ話したってことなのか？　それとも、ゆかりは本当に異次元人なのか？　聡はちょっと混乱したが、話がついたらお寺に行くよ、と伝えた。

しかし、父親があの時期、家にいろと強く言ったのは？　この世界の研究所も謎の古文書を手にしている？

もし、あのとき父親のいうことを聞いていれば……。聡は自分の精神が「幸せな異世界」にふっと引っ張られるような気がした。


寺を調査する日がやってくるまで、聡はゆかりと二人で『鯰石伝説』を調べて回った。友彦は部活を休みがちになっていた。

ゆかりは楽しそうに、聡の記憶にないデートの思い出を語る。

「クリスマスの時期に、上にチョコの星がのって、カラースプレーが散らされている抹茶アイスパフェを食べたよね。あれ美味しかった」

聡には一緒に食べた記憶はないが、店先の看板は見たことがある。

クリスマスデートまでしてたことになっているのか。恋愛妄想っていうのかな、これ。

でも、こうやって「恋人ごっこ」をしているうちに、ゆかりの傷がいえるといいな、と聡は思う。そして歴史部員として、火事の目撃者として「鯰を封印」も気になった。

ところが、ある日家に迎えに行くとゆかりは、うつむいてこういった。

「ごめん、この世界の私の日記を読んだら、私たち、この世界では恋人じゃなかったんだね。無理矢理つきあわせちゃった」

「いいよ。ゆかりのことは前からかわいいなって思ってた」

「うれしいな……」

聡は「じゃあ、出かけようか」と言って連れ出した。

ショッピングモールの片隅の、サザエカレーが美味しいと評判の店で聡は口数の少ないゆかりに説明した。

「この世界のゆかりには、どこか僕に遠慮している空気があった。だから、つきあっていなかったけど、部員同士、仲は良かったよ」

高校生のカップルなんて遊園地でデートして、一年足らずで別れるんだろ。聡は中学時代から思ってた。ゆかりとつきあった「大塚聡」は一年で別れるつもりだったのかな。いや、本気の恋をしていたのかもしれない。

「直美があなたのことを好きらしかったから、様子見してたようなの。なんだろう、自分の日記のはずなのに、妹の日記みたい。どこか実感がないの」

「なにはともあれ、ゆかりの探しているものが見つかるまで、つきあうよ」

「『聡』は優しいね……」


「うわー、久深山パークの観覧車、まだあるの。懐かしい」

久深山パークは、小さな遊園地だ。山と住宅地の間にある。ゆかりと聡は久深山にもある『鯰石伝説』の石碑を調査するついでに、ここに寄ることにした。

「また、一緒に観覧車乗ろうよ」

いや、だから一緒に乗ったことがないというか、ここまで来ると「他の男との思い出をデートの時に話す女」では。この辺りの住民なら子供の時に家族で一緒に来たこともあるだろうから、そっちと混ざっているのだろうか。

ゆかりの母親は、聡以外の彼氏には心当たりがないと言ってはいたが。実はいて、最近振れたとかではないのか。

それとも、本当に異次元から来たのか。

聡は親切な優等生というゆかりのイメージが、ズレていくのを感じた。これはこれでかわいいとは思うが、ついていくのが大変だ。

「あ、この迷路は見たことがない。春夏秋冬を映し出す、『時の迷路』だって」

なんでもかんでも「一緒に見た」じゃないんだ。聡とゆかりはそのまま迷路に入った。

電飾で飾られた迷路を二人で歩く。高さ二メートルぐらいの白い迷路の壁に、プロジェクションマッピングで、桜が舞い、水が跳ね、紅葉が踊り、雪が降る。

「ね、一緒に写真を撮ろうよ」

レトロなドイツ風の回転木馬の前で、二人で撮影した。

抹茶シェークをのみながら、売店の木製バルコニーで久深山を眺める。

「煙一筋すらあがってないね」

「でも、あの火山が噴火して、この久深山パークは噴石と火山灰に埋まったの。空は赤と灰色で、死者も出て、そのまま閉園になってしまった」

聡には信じられない話だが、この遊園地に天然温泉スパが併設されている程度には、この世界でも火山である。火山が噴火するしないは、本当に神の御心のまま、だ。それを異次元の未来防災研究所は、乗り越えようとしているわけだ。

「それで、私は無事だったんだけど、聡が死んじゃって」

「えっ!?」

「あっ……」

ゆかりの顔がこわばった。

「あくまでも、私の次元の話だから。気にしないでね」

「一応、死因は教えて欲しいな」

「さっき調べた石碑を見に行って、噴火からの山火事に巻き込まれたの。火の神はあの山に住んだので、そういうことが起きるようになった。でも、あなたは絶対大丈夫。石碑を見た後もこうして生きてる」

聡は自分の携帯端末を握りしめた。中にはさっき撮った石碑の写真があった。

「だから、異次元に私は来たの。火の神を封印し、あなたに会うために」

観覧車の手前で、聡に微笑むゆかりの肌が夕日に赤く染まっている。

本当に異次元から来たのか、精神障害なのかはわからない。でもこの「渡辺ゆかり」は、あの「渡辺ゆかり」とは違う美しさを持っていた。


東岩水寺を調査する日がきた。寺は屋根こそ残っているが、柱は焦げ、部屋の隅には座布団が乱雑に積み重ねてあった。

「価値のありそうなものはだいたい、燃えなかった寺務所と倉庫に移してあるんだよ。でもねえ、古い出納帳とかは、捨ててしまうしかないんじゃないかな。だってさ、消防隊に水ぶっかけられちゃったからねえ。一応乾かしたけど」

ゆかりの父親は、境内をまわりながら聡、友彦、ゆかりに寺の現状を説明した。

ゴミ袋とトングとぞうきんを渡された聡は、うん、また清掃ボランティアだな、と思う。

門の近くに来ると声がした。

「コンニチハ、ワタシも参加させてくださイ」

この一月、町のあちこちに出没しているキャメロン准教授だ。

立ち入り禁止の札は立ててあるはずなのだが。日本語読めるよな、この人。

「残念ですが、関係者以外の方はお引き取りください」

「異邦人《エイリアン》を儀礼の場に入れるわけにはいかないというのは、伝統的共同体として立派な考えデース。ですが、ワタシは古文書が読めまス」

ゆかりの父親は怪しみながらも、「読めますか?」と、ぼろぼろの和紙を差し出した。

「これは、漢字カナ混じり文ですネ。明治の神仏分離の頃に書かれた文書です。よその寺から複数の経典を引き取るという内容です。この経典は今でもあるのデス?」

ゆかりの父と聡達はその書類を見た。友彦はさっと携帯端末を取り出して、画像翻訳を試している。日本語が読めすぎるよな、この人。

「この紙は経典の箱の近くにあったものですなあ。よし。キャメロン先生は、見学してもいいでしょう」

「よろしくお願いシマース」

キャメロン准教授は、いかにもアメリカ人らしい笑顔になった。

大丈夫だろうか。研究熱心であるがゆえに、逆に信用できない人物のような気がするのだが。

しばらく掃除した後、ゆかりが本堂の奥の床板の焼けた部分をコンコンとトングで叩いた。

そしてあらかじめ知っていたかのように、床下に通じるかなり大きな扉を開ける。ぱっと見、床板の継ぎ目にしか見えないような場所だ。

懐中電灯で中を照らす。

中は天然の洞窟を改造して作った地下室のようで、いざという時の避難所なのか、天然水の箱などが置かれている。

「そういえば、防空壕的な部屋があるとは、調査した警察に聞いたな。初めて見たよ。期限切れだから、この水や非常食も処分しないとな」

「シェルターですネ。火元がこの本堂でなければ、役に立ったでしょう」

警察の公式見解は、地震による漏電だった。

ゆかりは天然水の箱をどかした。床板が大きく外れ、さらに下へと続く階段があった。

「なんでわかるのかな……。住職さんに聞いたの？」

ゆかりの父もさすがに不思議そうだ。

階段の先には、さらに扉があった。ついていそうなのに、錠はない。扉を開けると、八畳ぐらいの広さで、長持や文箱、経典や仏像が置いてある。洋書や謎の像もあった。

「この部屋は、きっとお寺の隠し宝物庫ですネ」

片隅に文机があった。LEDランタンが複数置かれている。日本語の雑誌があったので、聡は手に取った。葉書サイズの金属板が一枚挟まっていた。これが例の文字板だろう。

「この仏教関係の雑誌の発行日は、前の住職が亡くなる前だ」

おそらく前の住職は、この地下室の資料を調べ、ミスカトニック大学に手紙を書いたのだろう。

この部屋にも入ってきた扉とは別の、さらに奥につながる扉があった。

この地下洞窟には複数の部屋と廊下があって、ちょっとしたダンジョンになってるのかもしれない。

「おそらくこの扉が本命だけど、危険だから用心して」

ゆかりはそっと開く。

薄暗い自然洞窟が続いていた。懐中電灯で照らすと木の根のようなものが、焼きうどんのように絡み合って、道を塞いでいる。洞窟の先は曲がり角になって、見えない。

「これ、絶対転ぶだろぉ」

友彦が懐中電灯で照らしながら言う。

「コレハ……ナニカいまス」

キャメロン准教授の顔がこわばっている。

「いくしかないの」

そういうとゆかりがジーンズのポケットから、果物ナイフを取り出した。聡とゆかりの父もゆかりに続いた。

木の根を踏まないように足下を見ると、それがうねうねと動いている。

「ヘビ!?」というと、ゆかりの父は気絶した。その体にその太いヒルのようなものが絡みつく。

そこへ聞き慣れた声がした。

「逃げろ！」

聡の父だった。シャベルでざくざくとゆかりの父についた触手のようなものを切り払っている。

ゆかりと聡は慌てて、触手から逃れた。ゆかりの父を運び出し、本堂の床にその体を横たえる。

「土や木の根に寄生する粘菌的な何かと思われまス。もちろん、普通の菌じゃナイ」

キャメロン准教授に聡の父が挨拶する。

「初めまして、生前、元住職の榎本氏と共同で古文書を調査していた、未来防災研究所の大塚秀夫です。私にも、調べさせていただけますか」

「えっと、聡サンのお父さん？」

「はい……」

「ハアー、お父さんに行く場所を告げてから家を出たという訳ですネ」

寺に行くとはいったが、詳しい内容は話していない。

歴史部チャットのデータは聡のPC内にロックもかけずに、保存されている。父親が見ようとすれば、火神探索に関する様々な情報がさらっと手に入る。

親を信用しないのなら、それを徹底すべきだったな、と聡は悔やんだ。


「このパーティのレベルで、魔物と戦うのかぁ……。研究者と学生しかいないよな」

友彦は謎の触手がいたことで、すっかり慎重派になっていた。

「アナタは撮影係をお願いシマース」

キャメロン准教授が、容赦なく仕事をふった。

「この地下室の存在をオオツカサンは、警察に知らせたくない？」

「それはそうですね」聡の父がうなずく。

「では私が先頭でス。全ての扉を開けた状態で進入しまス。換気とすばやい逃走のためでス。目的は調査で、魔物退治《モンスターハント》ではありません」

そう言って、先陣を切る。

「ハッ！」

キャメロンは日本に来てから買ったとおぼしき鉄扇で、自分の腕をつかんだ触手を叩き落とした。

「アメリカに帰れば、銃の名手ですヨ。信じてくださイ」

ゆかりは、迷いのないナイフさばきで、触手を切り払う。刃についた粘液をふって、切れ味を保とうとしていた。

「予感があったから、少し鍛えてから来たの」

これ、一人だったら洞窟の屍《しかばね》になってる可能性が高そうだな。聡はそう思いながら、必死でシャベルを振り回した。

暗い廊下の長さは数十メートル。全員が荒い息を吐きながら、次の扉にたどり着いた。

少し、広い空間があった。石敷の地面に土の壁。天井は朽ちかけた木組みで支えられている。

友彦がランタン型のLEDライトを高く掲げる。

すると、奥の暗がりで土の壁がくずれた。いや、そう見えた。壁からふたつの土の塊が分かれ、重たげに動いている。

「人間!?　いや、違う!?」

ゆかりが鋭くささやく。

身長二メートル強といったところか。人の姿を模したものらしいが、手が異様に長かった。

頭には髪も口も鼻もなく、つややかな緑色の石が一つ目としてはめられている。

土を粘菌が固めたものにしか見えないのに、それらは明らかに聡達の行方を阻もうと奥の木の扉の前に立った。

「おお、これは門番ですネ」

「あのリーチは反則だろぉ」

得体の知れないものに、退路を確認しながら身構える。

隙を見て、ゆかりが奥の通路の方へと駆ける。紺のスカートが翻《ひるがえ》る。

ゆっくりと、だがそれを止めようという意図のある動きで、粘菌人形が手をゆかりの前に出す。ゆかりはとっさに頭を下げて、下をくぐろうとする。しかし、粘菌人形はひざまずかせようとするかのように、頭をつかんで、強い力で押さえつけた。

「あっ！」

ゆかりが片ひざをつく。

「その手を離せ！」

さっきから言葉には何の反応もない。こちらの動きは見ているようなのに。

聡と怪物の目が合った。聡はひらめきのままにその目を狙って、スコップを突き出した。

怪物は右手でゆかりをおさえたまま、左手で聡のスコップを握った。

怪物の両手が塞がったその刹那、キャメロンが横から飛びこんで来た。閉じた鉄扇の角でザクりと目とおぼしき緑の石をえぐり出す。

怪物がゆかりと聡を放り出し、キャメロンを突き飛ばそうとするような動きを見せた。キャメロンが床に転がってかわすと、粘菌人形の腕が、そのままもう一方の粘菌人形の首元を砕く。床に転がった目の石を、聡はスコップでホッケーのように弾いた。そのまま這うように、奥の扉に向かう。

「動きが良すぎるな。現代科学じゃない……？」

聡の父の言葉はいまさらのような気がしたが、古代文明や異次元の技術というのは聡にもまだ信じがたかった。

聡達がたどりついた扉にはまたも錠らしきものがなかった。「いあいあ……」ゆかりが小声で何か呪文を唱えて開いた。

石造りの部屋だった。大きな黒い石の台がふたつあり、奥の方で小さな火の玉が、皿の上で静かに光っている。

聡が思わず息をのむ。あの火事の際に見た炎の神だった。

「ここにいたの」

ゆかりの声についにみつけたという響き。

「火の神の祭壇のようでス。ここが一番奥でしょう」

キャメロン准教授は、周囲の壁に書かれた魔術文様とおぼしきものを見回した。

「やはり、封じられた神はいたのデスネ」

「いったいどのような術なのでしょうか？」聡の父がたずねる。

「それはこれから詳しく調査してみないと、断言できませんネ。小さいながら、すごい遺跡です。ワクワクしますネ」

「鯰石と池は、この地下室の蓋……でしょうカ？　不完全ながら魔術装置が作動していたのですネ」

そのときだった。急に火がバックドラフトのように膨れ上がった。本能的な恐怖で一同は無意識のうちに、後ずさった。

「うわあ」

扉のところにいた聡の父が火に顔をのぞき込まれる。聡は、硬直した父の手を必死で引く。

結果的に神の通る道をあけた。

「今、全ての扉が開いていまス！」

キャメロン准教授が、珍しく動揺した声で叫んだ。

「追いかけて！　あの炎が久深山にたどり着いたら！」

ゆかりの言葉を聞いて、一同は再び洞窟を走り抜ける。途中で友彦が転倒する。聡はその手を引いて、助け起こした。

本堂の外へ出ると、聡たちが見る前で火の玉は打ち上げロケットのように、弾道軌道で南の低い夜空へと光りながら消えた。後は一等星が輝くだけ。

「久深山とは違う方角？　海の方……」

ゆかりの不思議そうな声。

「ワタナベサンの世界とは、扉を開いた時の星の巡りが違ったのかもしれませんネ。あれは、おそらくクトゥグアと呼ばれる神の眷属《けんぞく》。何らかの目的があって遠くの星から地上に派遣された、神の使いなのデス。今回、主人の元へ帰って行ったということなのでしょう」

「もしかして、これで平和になったの？」

「神は気まぐれで残酷なので、また来週襲来の可能性もありますネ」

詳しい調査は、また今度ということになり、臨時チームは解散となった。ゆかりの父と聡の父は、明らかに具合が悪そうだったので、タクシーで病院までいくことになった。

「これがワタナベさんが探していた、火の神封じの魔術についての覚え書きと鯰石の拓本だと推測されまス」

火神の従者が星へ帰ってから数日後。キャメロン准教授と歴史部の調査は続いていた。

「ありがとうございます。がんばって覚えます」

ゆかりは頭を下げた。精神転移なので、拓本そのものは持ち帰れない。

「これは邪神の助けを借りる術です。程度は個人差ですが、確実に精神汚染があります。あまりお勧めできマセン。でも、目的があるなら仕方が無いですネ」

それから一週間のゆかりは、陰鬱な顔でふらふらと学校に通っていた。友彦と聡は心配しつつ、あえてたわいもないことを話した。

そんなある日、聡が自宅のＰＣで歴史部のＳＮＳルームを確認するとゆかりから個人宛のメッセージが届いていた。

『ありがとう、さようなら。

私は使命を果たすから、あなたはあなたの人生を大切にしてね』

自分の人生。もう一つの世界では、自分は巣立てなかった雛《ひな》。聡は軽く涙をふいた。

翌日、ゆかりの家にいくと、ここ一月の記憶をなくしてしまったことを謝られた。

「私、聡さんのことが好きだったから、つきあえてうれしかったはずなの。でも、忘れてしまった。この久深山パークの写真には、こんなに楽しそうな笑顔で写ってるのに」

これは二ヶ月前と同じゆかりだ。聡は直観的にそう思った。

「ゆかりがよければ、もう一度付き合おう」

「いいの？」

「もう一回、久深山パークで一緒に写真を撮ろう。何回もデートしよう」

ゆかりはとまどいつつも、うれしそうに笑った。

聡はゆかりに微笑みながら、あの呪われた地下室のことは、このゆかりには教えないことにしようと決心した。

# 侵食の舌

松本　英太郎

目覚ましにしているスマートフォンのアラームを、スヌーズ三回目にしてやっと止めると志《し》条《じょう》愛瑚《あこ》は毛布を跳ね除けて立ち上がった。だがすぐにめまいを覚えてベッドに尻もちをつく。

——まただ。頭痛も酷《ひど》い。休んじゃおうかな。

そう考えてじっとしているうちにめまいはおさまり、頭の痛みも少し和らいだ。

ヨロヨロとゾンビのようにベッドから起き上がり、階下へ向かう。階段の手摺《てす》りをつかみながら降りていくと、ダイニングキッチンにはベーコンの焼ける匂いがほんのり残っていた。テーブルの上にベーコンエッグと狐色に焼けたトーストをのせた皿が置いてある。父の雅博《まさひろ》が用意してくれた朝食だ。

二年半前、母を交通事故で亡くして父娘の二人家族となった。事務機器販売の商社で課長をしている雅博の方が家を出るのは早い。残業も多いのだが毎朝欠かさず愛瑚の分の朝食まで作ってくれている。愛瑚がギリギリまで寝ている場合を想定して、あとはグラスに野菜ジュースを注ぐだけのところまで準備する。暖かい食事と時短のトレードオフでは、時短が勝ちだ。実際今日も愛瑚が家を出るまで時間は三十分ぐらいしか残っていない。朝早くから父が用意してくれた朝食を見て、愛瑚は休もうと思った自分に喝を入れた。

――やっぱり学校、行こう。

父が愛瑚を気遣うのには、母を亡くした娘を不憫に思うのに加えてもう一つ理由があった。一年前、学校の検診で愛瑚はひっかかった。胸のレントゲンでごく小さな影がいくつか見つかったのだ。精密検査の結果、ステージⅠの肺がんとわかった。ふつう集団検診でそのレベルのがんが見つかるのは稀だというから、読影した診断医が優秀だったのだろう。

当初、がんの宣告に親子は二人して落ち込んだ。雅博は無理をして冷静を装っていたが、妻に続いて娘まで失う恐怖は、愛瑚に感じ取れないわけが無かった。

幸い彼らの住む北山市には大きな大学病院があり、そこで治療を受けられることになった。主治医は最先端の免疫抑制型抗がん剤治療の権威ということで、点在して手術の難しい愛瑚のがんに、その治療を適用した。副作用も驚くほど少なく、所属している陸上部の練習も、「脚の故障」という理由で練習をセーブしながらも活動を続けられた。効果は劇的で、治療開始半年後にはステージ0と言える段階まで寛解したのだった。来月には陸上部に本格復帰するつもりでいた。

ところが先週の初めから愛瑚はめまいに悩まされるようになった。心配性の雅博が主治医に相談し金曜日に愛瑚は頭の精密検査を受けたばかりだ。今日は二限目が終わったら学校を早退して、休暇をとって駆けつける雅博と一緒に主治医から結果を聞く予定になっている。

愛瑚は口に残るベーコンの塩味を野菜ジュースで流し込むと、急いで登校の準備を始めた。

十分後、愛瑚は自宅近くのバス停にいた。もう五分は待っている。

「どこか渋滞してるのかな」と呟いてバス停の時刻表に目をやった時、違和感を感じた。時刻表の時間に変化はないが、停留所名が違う。

――『藤阪橋』って、ここ、『藤阪本通』じゃなかったっけ？

停留所名変更の告知に覚えがなかった。

――名前が変わろうと場所も同じ、時刻表も同じだから支障はないけどさ。

愛瑚の思考は近づいて来たバスの姿に中断された。

ワンマンバスのアナウンスも聞き慣れない停留所名がいくつか混ざっていたが、変わらぬ街の景色に愛瑚はバス会社が停留所の名前を更新したのだと結論づけて、スマートフォンでの動画視聴に没入した。

終点の『北山市駅前』で降りた時には既に始業時刻が近づいていたので駆け足で学校に向かう。愛瑚の高校は私鉄の駅から徒歩で十分足らずの便利なところにあった。

学校そばまで続く商店街を急いでいると前から生徒の集団がこちらに向かって歩いてくるのが見えた。その中で「あこー！」と一人の女生徒が手を振っているのに気づく。友人の松木《まつき》怜《れい》だ。怜は集団から抜け出し、愛瑚に駆け寄ってきた。

「どうしたの？　部活は？　学校は？」とクエスチョン三連発で尋ねる愛瑚に怜は

「朝練《あされん》で体育館にいたら急に校内放送があって……」

「ちょっ……ちょっと待って。何であんたが朝から体育館にいたのさ。ブラバンでしょ？」と遮る愛瑚に怜は怪訝そうな顔で応える。

「何言ってるのよ。私は女バレだよ。インターハイ三位の、将来を期待されてるアスリート様よ」

そのたいそうな物言いで愛瑚は怜のおふざけだとわかり、「で？」と続きを促す。

「とにかく『授業用ＩＣＴ機器のトラブルで本日は臨時休校とします。家庭には後ほど連絡メールで伝えます。登校している生徒は気をつけて下校するように』って言われたから、うちらは今帰ってるところ。でもね」

そこで怜は声をひそめて愛瑚の耳に顔を近づけた。

「うちの部長が念の為に職員室に確認しに行ったんだけど、先生たちが言い争ってる声が聞こえたから中に入らず立ち聞きしたんだって。そしたら」

「そしたら？」

「なんと『あんた頭がおかしい』とか『何訳のわからんことを言ってるんだ』とか、喧嘩っていうより、お互い相手を狂人のようになじってる言葉が飛び交ってたってさ」

「何だろ？　校長教頭と組合とで揉めてるのかな」

「さあ。とにかく一日休みを儲けたんだから、これからどっか行かない？」

「あ、ごめん。今日は例の病院に行くことになってるんだ。親父と約束してるし」

「え？　あんたどこか悪かったっけ」

その言葉は愛瑚にとってはショックだった。最初の頃は誰にも内緒にしていたが、抗がん剤が効いてほぼ治ったと言えるようになった時点で、怜にだけは肺がんだったことを打ち明けていたのだ。

――人の一大告白を忘れるなんて……親友だと思ってたのに！

「もういい！　とにかく私は用事があるの！」

ほとんど叫ぶように言うと、愛瑚は踵を返してさっさと駅に戻り始めた。後に文字通り「鳩が豆鉄砲をくらった」ような顔の怜を残して。


「うそ！」と口をついて言葉が出ると、もう止まらなかった。

「うそ！　うそうそうそうそうそ！　ねぇ、うそって言ってよ！」

診断を告知したあとの主治医の眼鏡の奥の瞳は穏やかで微かな憂いを含んでいた。抗がん剤治療の権威であるということは、これまで数限りなく余命宣告を繰り返してきたということでもある。だから彼は目の前の愛瑚の動揺も、隣の椅子でまるで拳銃で胸を撃たれたかのような表情で凍りついて動かない雅博の絶望も、見慣れているといえた。だが、見慣れていても「慣れる」ことはない。まして愛瑚のような若い娘に余命宣告などできればせずに済ませたかった。

だが、彼はストレートにかつ淡々と検査結果を、彼にとっても予想外だった、脳にがんが転移し余命は後二年余りという、過酷な結果を二人同時に伝えることにした。

若者の場合がんの進行は早い。大したことはないと誤魔化してもたちまち誤魔化せない状態へと変化する。家族に「本人に気づかれないよう振る舞って下さい」などと言ったとしても、次々変化する状況が家族を追いつめ、魂を削る。はっきりと真実を述べて、残りの時間を意味あるものにする機会を患者とその家族に与えるべきだ。それが彼の信念であった。

彼に誤算があったとしたら、前回の肺がんの宣告の折に見せた愛瑚の芯の強さを、買いかぶっていたことだ。愛瑚のメンタルは彼の思うほど強固ではなかったのである。肺の抗がん剤治療が成功した安心感ゆえの反動に耐えきれなかったのだ。

沈黙する二人の大人に愛瑚の中でさっきまで無かった反感が生じ、爆発的に膨れ上がった。

「何で私が二年で死ぬのに、お父さんも先生もこれからずっと生きられるのよ！」

理不尽な物言いとわかっているが口を閉ざせない。自己嫌悪とともに愛瑚は立ち上がった。

「もう嫌……私、このまま消えちゃいたい」

そうゆるゆると口にした後、突然脱兎の如く愛瑚は診察室を飛び出した。背後で「待ちなさい！」と叫ぶ声がしたが、あれは主治医だ。父はまだ硬直が解けないのだろう。だが、そんなことはどうでもよかった。大学病院の広いロビーを看護師や患者が驚いて振り向くほどの速さで駆け抜ける。そのまま外へ出て駅に向かうが、もし父親達が追いかけてきても捕まりたくないと考えてでたらめに走り続ける。と、いくつ目かの角を曲がった瞬間、誰かとぶつかった。

「きゃっ」と叫んで反動で後ろに倒れる。

道に転がった衝撃で全身が一瞬痺《しび》れた。

――いけない！　相手に怪我をさせたかも！

疾走する陸上ランナーはある意味走る凶器だ。心配しながら顔を上げると相手は倒れてなどいなかった。しっかりと二本の足で立ち、「大丈夫？」と言いつつ片手を差し出してくる。

「え、ええ。ありがとう」と言って愛瑚は手をつかんで立ち上がる。そしてまじまじと自分がぶつかった相手を眺めた。

愛瑚と同い年くらいの少年。身長はかなり高いがダボっとしたダウンのロングコートを着ているので肉付きはわからない。やや面長で栗色の髪。意志の強そうな目が愛瑚を見つめている。

「ビックリしたよ。角から突然現れて突っ込んで来たから」

「ご……ごめんなさい。私どうかしてて。あなたは……どこも何ともない？」

「肋骨が二本折れたよ。これは代償を払ってもらわないとね」

――しまった、これ絶対ヤバいやつだ。治療費をいっぱい取られちゃう。

愛瑚は何かあったらすぐ警察に通報できるよう、制服のスカートのポケットにあるスマホをそっとつかんだ。

「代償は……この近くにホームセンターはないかなぁ。教えてくれないか」

「なにそれ、意味わかんないんですけど」

少年は歯ブラシのCMに出てきそうな白く輝く歯を見せて笑った。

「ごめんごめん、骨折は冗談。昨日引っ越してきたばかりだから土地勘が無いんだ。借りた部屋を少し手入れするのに必要な道具を買いたいんだが、道を教えてくれないか」

冗談の質といい、とぼけた物言いといい、若者にしてはおかしな奴だな、と感じたものの、さっきまで絶望感に打ちひしがれていた愛瑚の気持ちが、いつのまにか鎮まっていた。

——余命二年で悲壮になっていた私がこんなとぼけた奴とぶつかるなんて。神様ってどんだけ私を馬鹿にするのよ。

特に信心深いわけでもないのに「神」を持ち出して悪態をつくのも我ながら調子が狂っていると思い至って愛瑚は微笑んだ。

それをOKのサインと受け取った彼は、

「ありがとう、助かるよ。道順を教えてくれればいい」と言う。愛瑚はその流れに乗って話す。

「いいわ。案内してあげる。駅前からちょっと遠いし、説明するより連れて行く方が面倒くさくないし」

「きみ、学校とかいいのかい。それにさっきはものすごい勢いで走っていたろ?」

「今日は臨時休校なの。だから私、ヒマだし」

何か言いたそうな彼をそのままに愛瑚はさっさと歩き出す。少年は慌てて後を追った。

「ねぇ、あんた、名前は？」

「シンタロウ・ユーリ・パクストン」

「マジ？　日本人じゃないの？」

「日系アメリカ人。……ハワイから来たんだ」

愛瑚は振り返り、そのまま後ろ向きに歩きながら話す。

「ふーん、そーなんだー。私、志条愛瑚。アコって呼んで。ね、何やってんの？　留学生？　もしかして駅前の医大？」

愛瑚得意のクエスチョン三連発に押され気味でシンタロウは答える。

「え、えーと……まず僕は留学生でもましてや医大生でもない。父が岩国の米軍基地に転属になって家族ごと日本に来たんだけど、せっかくだから日本で一人暮らしをしたくてね。大学に入るまでの間、この北山市で暮らすんだ」

再び前を向いて歩きながら愛瑚が羨ましがる。

「いいなぁ、一人暮らし。死ぬまでに一回やってみたかったな」

「何言ってんだ、死ぬまでまだまだ時間があるから、一人暮らしなんていくらでもできるさ」

「ところがそうもいかないの。私、あと二年で死ぬの」

「冗……」

口を開きかけたシンタロウを遮って言う。

「ホント、死ぬんだって。さっき病院で宣告を受けたの。手術も薬も無駄みたい」

――何で私、会ったばかりのこの人にこんな話してるんだろう……ああ、かえって関係ない他人の方が悩みを話しやすいってことか。学校で習った森なんたらの小説にそんなこと書いてあったかな。

シンタロウが黙りこんだので、さすがに気の毒になって謝る。

「急にこんな話されても困るよねー。ごめんねー」

そう言って振り向くとシンタロウは顔を前に向けたままボロボロと涙を流していた。呆気に取られて愛瑚の方がうろたえる。

「な、何であんたが泣くのよ。泣きたいのは私なのに」

「ごめん。俺、向こうで友達が病気や事故で死んでさ。自分だけ生きてるの申し訳ないと思ってるんだ。だから、初めて会った君まで死ぬことが決まってるなんて、なんか……辛くてさ」

「僕」から「俺」に変わったので、さっきのとぼけた感じは演技だったと愛瑚は気づいた。

――何かこの人も抱えてるんだろうな。悪いことしちゃった。

「泣かない泣かない。あんたは死なないんだから」

――ん？　これって慰めになってるのかな？

そうこうするうちに二人は国道沿いのホームセンターにたどり着いた。

「へえ、こんな近くにあったんだ。俺のワンルームマンションはあれだよ」

そう言ってシンタロウが指差したのは、中古車のチェーン店や大手の回転寿司店など、国道沿いによくある店が並んでいる一画の、少し向こうに見える五階建てのマンションだった。

「あれ、あそこにあんなマンションあったっけ……」

その呟きを聞いてシンタロウが少し表情を固くしたように見えた。だが彼はすぐに言った。

「管理人さんは築八年って言ってたけど。……じゃ、ありがとう。助かったよ」

「何言ってんのよ。私も買い物、つきあう」

「ええ！　ここでいいよ。君も早く帰った方がいい」

「だってヒマだもん。ショックで病院を飛び出したのに、父親から電話一つ来ないんだから。『娘が世をはかなんで自殺するかも』とか思わないの？　ねぇ、変でしょ？　余命二年だよ？」

「今の君の剣幕じゃとてもそうは思えないよ。でも、お父さん心配してるよ。早く帰りなよ」

「え、迷惑？　私がいると迷惑なの？　いいわ、大声で叫ぶからね？『助けてっ痴漢よー』って」

被せるようにシンタロウが言う。

「わかった！　わかったから！　目立つことはするなよ。一緒に店に入っていいから」

シンタロウは色々店内を見て回ったが、結局包帯と消毒液、ウレタンフォームのスプレー缶を買っただけで店外に出た。

「変な組み合わせね」と愛瑚が言うと
「食料品なんかはマンションそばのコンビニでなんとかなるけど、これらは結構量がいるんだ」とシンタロウは答えた。だが、その声がまるで変声器を使ったようにくぐもって聴こえるのに二人は同時に気づいた。

「しまった！　あの屋根に角度が――」と言うシンタロウの声が終わらないうちに、日が陰ったようにあたりが蒼くなる。国道を走っている車がグニャっと歪んだ。しかしそのまま走り続けることから考えて、見え方が歪んでいるだけで、実体は何事もないのかもしれない。

「けーん」

何かの声がした。シンタロウが見上げる方向からだ。愛瑚もつられてそちらを向く。ホームセンターの隣にあるハンバーガーショップの屋根に何かがいる。初めそれは青いスレート製のとんがり屋根の先端に浮かぶ竜巻型の青黒い雲のように見えた。だが、目を凝らした今はそれが雲などではないとわかる。まるで人間の体から神経網をぬきとり、それを粘土細工のようにして創り上げたケモノ。表面では青黒い糸のような組織がまるで別個の生き物であるかのように蠢《うごめ》いている。ぬめぬめと光っているのは粘液のようなものが滲み出しているからだろうか。

馬ぐらいの大きさだが全体の形は犬に似ている。

「何……あれ」

愛瑚たちの背後で声がした。通りすがりの主婦らしい、自転車に跨《また》った女が顔を引き攣《つ》らせてケモノを仰ぎ見ている。近くには作業着を着た男が二人、言葉を発することなく訝《いぶか》しげな表情で上を見ていた。彼らもホームセンターの客だったのだろう。

ケモノは出現した屋根の先端から愛瑚たちに向かって歩き始めた。驚いたことに、空中を歩いている。四本の脚が何もない空間を踏み締めて、一歩一歩近づいてくる。

「危険だ、逃げろ！」

シンタロウが叫ぶ。だが人間たちは驚きで硬直したように動かない。

その時、ケモノの口に当たる部分が縦横に裂け、巨大な青いキキョウの花に似た形に変化した。めくれた内側は鮮やかなオレンジ色なので一層花弁のように見える。と、その中心に蛇のような動きが見えた。

「危ない！」と叫んでシンタロウが愛瑚に飛びつき地面に押し倒す。愛瑚が立っていた空間を何かが通り過ぎる。

「ぎぇぇっ」

愛瑚はアスファルトの硬さを頬に感じつつも異様な悲鳴のした方向を見たとたん、地面に倒れた痛みを忘れた。

自転車に跨っていたので避ける術も無かったのだろう、さっきの女が腹に突き刺さったぬめぬめと光る青い槍を、両手で掴んで苦悶の表情で立っていた。その槍はケモノの開いた口から真っ直ぐに伸びている。長さは十メートルぐらいか。

――あれは……舌？

愛瑚がそう思った瞬間、まっすぐな槍に見えていた舌が蛇のようにうねった。女の身体は弾かれたように宙に舞い上がって数メートル手前に落ちる。だが舌は刺さったままだ。支えを失った自転車がガシャンと音を立てて倒れた。あまりの光景に固まっていた男たちがその音をきっかけに行動に出た。前にいた一人が女に駆け寄り、突き刺さっている舌を抜こうとして掴むや否や絶叫を発した。

「うわぁぐぐぐぐぅ」

男の手がケモノと同じ青黒い色に変わっていく。皮膚の表面に血管が浮き出たような青い盛り上がりが拡がっている。だが、掴んだ手を離そうとしても離せないらしい。一方、女にも変化が生じていた。落下の衝撃で失神したのかそれとも絶命したのか、今はピクリとも動かなくなった女の顔や腕、スカートから伸びる脚がケモノと同様の蠢く糸の集合体に変わっている。刺された傷口から始まった変化が衣服の外の見える部分にまで拡がったらしかった。

「この野郎！」と言って残りの男が買ったばかりのスコップでケモノの舌に切りかかった。

カーン。

まるで鉄に打ちつけたような音が響いてスコップは跳ね返された。それでも何度も何度も諦めずスコップを振り下ろす。

いつのまにか地上に降り立っていたケモノは、口を開けたまま異様な音を発した。愛瑚にはそれが苛立ちを含んでいるように思えた。

シンタロウが愛瑚を助け起こそうとしている間にケモノはスコップの男に一瞬で近づき、前脚で彼の身体を薙《な》ぎ払った。腰から下をその場に残したまま男の上半身が吹っ飛び、ホームセンターが屋外に展示していたスチール物置の列をなぎ倒す。

けたたましい音がしたにもかかわらず、この騒ぎに人が集まったり国道を走る車が停まったりすることはない。この辺りだけ世界から隔絶されているかのようだ。

「動けるか？」とシンタロウが訊く。

「うん」と応えたものの、愛瑚は眼前の惨劇から目を離せない。女の姿は衣服だけを残して消え、今は男の全身が青黒い繊維に包まれてしまっていた。

「奴が侵食を済ませる前に逃げる！」

断言するかのように言うと、シンタロウは愛瑚の腕を引っ張りながらジグザグに走り出した。逆らわずに従って走るうち背後で「けーん」と声がし、愛瑚は左肩に激痛をおぼえた。視界の端に青い槍が見えた。

「しまった！」

そう言ってシンタロウは愛瑚をその場にしゃがませ、自分は愛瑚を庇《かば》う位置に立つ。愛瑚の制服の左肩が裂け、赤と青のまだらの染みが広がりつつある。舌によって受けた傷からの出血に加えて、あの人間を侵食する粘液が広がっているのか。愛瑚はさっきの二人の変化を思い出して気を失いそうになる。だが、シンタロウの動きが彼女の目を引いた。

驚いたことに彼はロングコートの中から銃のようなものを取り出して構えたのだ。

大きさは夏に大人が水遊びをする水鉄砲ぐらい。しかも形状も色も水鉄砲のように丸いフォルムでレモン色をしている。その銃でゆっくりと近づいてくるケモノを狙っている。

――こいつ、馬鹿なの？　あんなの相手に水鉄砲が効くわけないじゃない。

ケモノはこちらが足を止めたので警戒したようだ。歩みを止めてどこに目があるかわからない頭部を心持ち下げ、長い舌をジュルッという音と共に口（？）中に引き戻した。次にまた頭が花びらのように開いた時は二人揃って貫かれて死ぬのだ、と愛瑚は覚悟した。

「俺が撃ったらすぐに後ろへ走り出せ、いいな」とシンタロウが構えを崩さず小声で言う。

その間にもケモノの口先が少しずつ四つに割れ始めていた。やがて内部のオレンジ色が見えた瞬間、シンタロウが発砲した。

ばんっ

外見から想像できない大きな音。愛瑚は聞いたことがないが本物の銃の発射音なのだろう。

そして、ケモノの頭部が三分の一ほど円形にえぐり取られていた。相手が音と同時にかわしたので、頭全体は吹き飛ばなかったものの致命傷に違いない。愛瑚は間一髪で助かったと確信した。しかしシンタロウは「走れ！」と叫んだ。その声に反応して愛瑚はバネに弾かれたように立ち上がって走りだす。後ろでシンタロウが言った。

「仕留められなかった。核が残っているのであいつはすぐに再生する。さっき見ていた俺のマンション目指して先に行け。一階玄関前で待っていろ。俺が囮《おとり》になる」

「それってフラグじゃない。近くに交番があったと思うからそこに行こ」

「馬鹿、あいつに警官が敵《かな》うかよ」

「馬鹿って何よ。わかったわ。せいぜいあいつを引きつけてよね」

フラグかと心配する気持ちも肩口の傷の痛みも「馬鹿」呼ばわりされたことに対する怒りが掻き消した。肺がん発病以来鬱積《うっせき》した苛立ちが、最近は簡単に噴出するようになった。今日病院を飛び出したのはそのせいだ。だが今は怒りで分泌されたアドレナリンのおかげで余命二年の宣告が嘘のように全力疾走できている。

——悪いことばかりじゃないな。

ふと冷静な想いが愛瑚の心をよぎった。実際、肩の痛みはましになってきている。そのままシンタロウのマンション目掛けて走り続けた。

息を切らしてシンタロウがマンションに到着したのは愛瑚がビルのエントランスに着いて三分も経たないうちだった。彼が生きてたどり着いたのを喜びながらも、まだ「馬鹿」と言われたことにこだわって憎まれ口をきく。

「まだ生きてたんだ。遅いからやられたと思ったのにー」

シンタロウは怒るより情けなさそうな顔になる。

「ええ？　命懸けで囮になったのにひどいなぁ」

「私、馬鹿だからデリカシーが無いので」

「……あっ。さっきの、怒ってるんだ」

愛瑚は返事をせずに頬を膨らませて横を向く。笑いを含んだ声でシンタロウが言った。

「わかりやすいなぁ……ごめんなさい。緊急時とはいえ言葉が過ぎた」

とぼけた応答に愛瑚はぷっと吹き出して笑った。

「俺、あんまり女の子と話したことがないので細かいところがわかんないんだよ。――で、傷はどう？　痛むだろ。我慢強いんだね」

愛瑚がそれほど痛まなくなったと答えるとシンタロウの表情がこわばった。

「とにかく俺の部屋に急ごう」

シンタロウに続いて中に入った愛瑚は、ものの少なさに驚いた。

玄関から奥まで丸見えになる典型的なワンルームマンションの一室。手前がキッチンで奥はリビングという間取りだが、引っ越したばかりにしては段ボール箱が見当たらない。家具も電化製品も無い。キッチンには半透明のプラスチック製の衣装ケースがひとつ置かれていて、その上にコーラの空き缶とカップ麺の容器が乗っている。テーブルとして使っているようだ。

奥の部屋は中央に若草色のカーペットが敷かれているが、あとは今流行の、座れそうなぐらいに大きな青いビーズクッションが一つ。そして登山に使うような大きなバックパックが置かれているだけ。突き当たりはベランダに出るサッシのガラス戸だが、雨戸が閉められている。

「本当にここに住んでるの？」

そう訊いた愛瑚にシンタロウは「ああ」とだけ答え、ホームセンターで買ってきた物を、袋からカーペットの上へぶちまけた。その急ぎように愛瑚はキッチンに立ったまま口をつぐむ。

その時シンタロウが手渡してきたのは不織布のマスクだった。

――え。今私に渡すなら傷薬か包帯でしょ。

そう思ったものの、彼の有無を言わせない様子に黙って受け取り顔に付けた。

シンタロウ自身もマスクをしてからさっき買ったウレタンフォームのスプレー缶を手に取った。付属のノズルを装着すると部屋の奥に行き、おもむろにスプレーを吹き付け始めた。

ただ、彼がノズルを向けているのは天井の隅。背が高いので脚立は必要が無いらしく、片手を伸ばして角まで届くようだ。その角にノズルから発泡ウレタンが薄緑色の泡となって吹き付けられてゆく。泡はモコモコと盛り上がってコーナーにくっつき、徐々に膨らみを増していった。室内に溶剤の匂いが立ちこめた。マスクはそれを緩和するためだったらしい。

天井が済むと今度は床面の角に同様の処理をする。

——何、何、こいつ。何やってんのよ……頭やばくない？

愛瑚は、異常者と同じ部屋にいるのは危険だと思ったが、外に出てもさっきの怪物と出くわす可能性がある。あちらは確実に「死」が待っているが、こっちは言葉が通じるだけましなようだ、と思い直して成り行きを見守る。

その間にシンタロウは黙々と部屋中のコーナー全部にウレタンをてんこ盛りにし、愛瑚の立つキッチンにも、さらには玄関にも同様の処理をした。

そしてやっと愛瑚に声をかけてきた。

「マスクを外していいよ。説明は傷の手当ての後でするから、まず座ってくれないか」

訊きたいことは山ほどあったが、シンタロウのことばで怪物の舌にやられた傷を思い出し、愛瑚は戦慄した。痛みを感じなくなっていたので忘れていたが、それはさっきの女性のようにシンタロウの言う「浸食」がすすんでいるからではないのか。

愛瑚はおとなしく指示に従い、カーペットの上に腰を下ろした。シンタロウは背中側に回ってひざまずき、彼女の制服の破れ目に手をかけて拡げた。

若い男にむき出しの肌を見せる恥ずかしさはあったが浸食への恐怖が羞恥に勝った。

「……これは……」

シンタロウがあっけにとられたような声を発した。

「お願い、正直に言って。私、もう助からないの？」

そう言いながら愛瑚はある種の滑稽さを感じた。

——もう助からないの？　って、私バカじゃん。余命二年だからどっちみち助からないのに。

ところがシンタロウは意外な返事をした。

「助かるよ……というより、もう傷が塞がりかけている。さっきの感じじゃ、もうダメかと思ってたんだけど。ほら、自分で触ってごらん」

愛瑚はおそるおそる肩口から背中へと指で触れてみた。肉がえぐられた、と感じた部分は傷の治りかけのように僅かな盛り上がりが背中まで続いている。指先が濡れたように感じるので血が完全に止まっていないのだろうが、ケモノの舌がかすった時のような激痛は襲ってこない。

「スマホ、貸してごらん。写真を撮ってあげる」とシンタロウが言うのでスカートのポケットから取り出し、撮影モードにして渡す。

彼が撮って見せてくれたのは、幅一センチほどの薄蒼い盛り上がりが肩から背中へと稲妻のような模様を描いて続く彼女の肌だった。ショックは受けたが、傷の治りが早すぎることへの驚きがそれをしのいだ。

「ねえ、何なのこれ？　さっきはあいつのよだれの青と血の赤で凄いことになってたよね？制服のシミが証拠。なのになんで治りかけてるの？」

訊かれたシンタロウも訝しげな表情になる。

「わかんないよ。普通ありえない。アコ、君が特異体質なのかもしれない。普段からこんなに早くケガが治るの？」

「んなことないわよ。そんな体質なら、がんだって治るじゃない」

「まって、アコは新しい抗がん剤治療を続けていたんだよね？　それが原因じゃないかな。『猟犬』の体液に浸食されない身体になっていた可能性がある」

「マジ？　でも、傷がこんなに早く治るなんて、薬の力とは思えない。って、『猟犬』て何なのさ？　さっきの怪物のこと？」

「傷は大丈夫みたいだし、部屋の処理も済んだから、今から説明するよ。信じられない話ばかりだけど、とりあえず最後まで聞いてくれないか」

真剣なまなざしでそう言うシンタロウの眼を見返して、愛瑚はしっかりとうなずいた。


シンタロウの説明によると二人を襲ったのは「ティンダロスの猟犬」と呼ばれる怪物。次元を跳躍する力を持ち、空間を越えて鋭角のあるどんな場所からも出現する。室内の鋭角部分をなくす処理を彼女の傷の手当てより優先したのはそれが理由だった。「猟犬」は執念深く獲物をどこまでも追いかけるので、シンタロウを追ってこのマンションの部屋にも出現する畏《おそ》れがあったのだ。

シンタロウは愛瑚のいるこの世界とよく似ているが、歴史や文明が少しだけ異なる並行世界の人間だという。

彼のいた世界に「ミゼーア」という異界の神の召喚に成功したユーラシア大陸の独裁国家があった。その国の大統領は全人類の十分の一を生贄にすることを条件に、その従者である「猟犬」を借り受けた。大陸を支配下に置くため、各国にその「猟犬」を放って国家の体制を崩壊させた。その後軍事侵攻して占領する。支配地域の住民は邪神への供物にされていった。

ところが、大陸制覇の目処が立った段階でその国は「ミゼーア」を裏切った。「ミゼーア」の狙いが人類の半数を侵食、同化することとわかったからだ。秘密裡に新たに召喚した邪神「ヨグ・ソトース」の力を借りて「ミゼーア」を別の並行宇宙へと放逐した。放逐される際、怒り狂った「ミゼーア」は次元の境目を超えて多数の「猟犬」を解き放った。「ヨグ・ソトース」の力で某国は滅亡を免れたが、大量の「猟犬」が次元を渡って跳梁《ちょうりょう》した結果、並行世界が互いに侵食しあう「次元震」が「猟犬」の移動に伴って発生する結果を招いた。

「次元震」の影響は愛瑚のいるこの世界と、並行して存在するもう一つの世界にまで及んだ。並行世界間を跳梁し続けた「猟犬」が二つの世界の狭間に流れ着いたためである。現在両方の世界が混在を始めており、このままでは最終的にどちらの世界の人類も社会が混乱した結果滅亡する可能性が高いという。

シンタロウは「ミゼーア」を召喚した世界の人間で、次元震の混乱を収拾するためにこの世界に送り込まれてきたのだった。彼は「猟犬」の体液を注入して生き延びた、極めて少数の人間で構成される「猟犬」とのハイブリッド兵士の一人。彼らは「猟犬」を狩る「猟人」と呼ばれ、この世界にきた「猟犬」を追っていると言う。

「ちょっと待って！　待て待て待て！」

突然愛瑚が大声でシンタロウの話を遮る。

「もう！　ついていけないって。理解が追いつかないよ」

「あ……ごめん。俺の話、信じられない？」

「いや……さっきのバケモノ……『なんたらの猟犬』？……を見たからヤバいってのは信じるけどさ。でもアニメみたいに『異世界がー』とか『邪神がー』とか言われても流石に『はい、そうですか』って言えないわ」

「『異世界』じゃなくて『並行世界』な」

シンタロウが訂正する。それを聞いて愛瑚はイラついた。

「どっちだって良いじゃん！　おんなじでしょ？」

「全く違うよ。俺も世界が平和だった時はラノベが好きで『異世界』ものをよく読んでたけど、全然別と言っていい」

「わかるように説明してよ」

「『異世界』って現実とは全く違う世界。よくあるのはゴブリンがいたりエルフがいたり、勇者が魔王軍と戦ってたり。あるいは科学が進んでいて人間がロボットに支配されてたり……つまりファンタジーやＳＦに出てくるような、現実にはあり得ない世界」

「『並行世界』は？」

「この世界とあんまり変わらない。でも、ある出来事の結果の連続によってこの世界があるとしたら、違った結果だったらそうなっていたかもしれない世界」

「私ががんになっていなかった場合とか？」

「そう。『ありえたかもしれない世界』と言う方がいいかも。それを超次元から俯瞰したら、無数の世界が並行する糸のように存在しているのさ」

「でも、それって無限にあるんじゃないの？　だって、私がお昼に紅茶を飲んだかコーヒーにしたかでも別の世界に分かれることになるじゃん」

「その通りだよ」

――やめた。この話、ムリ。理解しようとするの、やめた。

愛瑚が諦めて黙り込んだのを、シンタロウは彼女が納得したと考えたのか、説明を再開する。

「君も気づいてるんじゃないか？　今朝から自分の周りがいつもと違うってことに」

「あっ」

――バス停。怜の部活。突然の休校……。

愛瑚は黙って頷いた。

シンタロウも頷き返す。

「それが証拠さ。この町に『猟犬』の座標が出現したのが昨日の午後二時頃。その時点から次元震の影響が出ているなら、今はもう十分騒ぎになるくらい、二つの世界が混ざり合っているはずだ。だから君も早く家に帰った方がいい」

——確かに。世界がそんな風になっているなら、お父さんにも大変なことが起きているのかも。だから、飛び出した私に連絡取るどころじゃ無くなっているんだわ。

不意に父親のことが心配になった。だが、まだ訊きたいことが残っている。

「ねぇ、あの水鉄砲は何？　あいつには効き目があったみたいだけど」

その言葉を聞いてシンタロウは脱いだロングコートの下からあの水鉄砲を取り出した。

「これは俺たち『猟人』の標準装備なんだ。『球体弾ショットガン』。普通の銃の弾丸は鋭角を持つから『猟犬』には効果が無い。でもショットガンは小さな球体を発射するのでダメージを与えられるんだ。特にこいつは十六個の超合金球体弾を二百メートル前方まで飛ばせる。あいつの頭の中にある核を破壊できればやっつけられるんだが、さっきは外してしまった」

「何でそんなおもちゃみたいなデザインと色なの？」

訊かれてシンタロウは少し顔を赤らめる。

「デザインは鋭角を排除するためで、色は……おもちゃに見えるように。だって、移動先の世界で警官に咎《とが》められたらまずいだろ？」

必死で言い訳するので、彼自身カッコ悪いと思っているのがわかった。

——こいつ、何かカワイイ。

愛瑚はツッコまないことにする。だがシンタロウは話題を逸らそうとしてか、さらにコートの内側のポケットから銀色のボーリングのピンみたいなものを取り出した。

――手品師かよ。

愛瑚はそう思ったものの、興味深そうな顔を彼に向けてやることにした。顔を赤くしたままでシンタロウが続ける。

「それでこれが近接武器の『超合金鈍器』。いや、まんまのネーミングなのはわかってるよ。でも、名前をつけたのは俺じゃないから」

「わかったわよ。で、それはどう使うの？」

シンタロウは「見てて」と言って愛瑚から離れるとピンの細い部分を持って一振りした。一瞬でピンの太い方がバレーボールほどの大きさの球形に変化する。ピンの首の部分は五十センチぐらいに伸びた。

――やっぱり手品？

シンタロウはさらに振り回して衣装ケースの上にあったコーラの空き缶に叩きつける。くしゃっという音とともにぺちゃんこに潰れた。だが隣のカップ麺の容器はその場から動かない。

「形状記憶の流体合金。しかも慣性増大機能付き。軽いくせに叩きつけた時の破壊力は抜群。これで『猟犬』の頭を核ごと叩き潰せる。……僕のいた世界はここより科学が進んでる」

――そこに行けば私の余命も延びるんだろうか。

病院のことを思い出して愛瑚はうつむいた。

「ごめん、長話しちゃったな。さ、もう帰りなよ。お父さん、心配してるぜ」

今度は素直にシンタロウの言葉を聞くことができた。

「うん。……ありがとう、助けてくれて」

そう言って彼の顔を見つめ返す。シンタロウはいっそう顔を赤くしながら言う。

「あ、うん。大変なことに巻き込んじゃって悪かった。あいつは俺を敵と認識して追っているから君は狙われていないと思う。早くここを出て行く方がいいよ」

愛瑚は黙って頷き、ドアへと向かった。


父が心配で自宅まで急ぎたいので、タクシーに乗った。だが、バスで二十分とかからない距離なのに、頻繁に緊急車両に出くわしたり、タクシーのカーナビが役に立たなかったりしたあげく、家の最寄りのバス停までたどり着くのに四十分以上かかった。既に陽が沈みかけている。

——お父さん、無事に帰っていたらいいけど。

不安を抱えて家の前まで走る。玄関のドアを開けようとしたが鍵がかかっていた。自宅の鍵は病院に置いてきた通学カバンの中なのを思い出し、インターホンのチャイムを鳴らした。

「——はい」と父の声が応じたので一安心する。だがすぐに、違和感が愛瑚をおそった。

——カメラで私だとわかるのに、何で素っ気ない応答なの？　やっぱり、病院を飛びだしたのを怒ってる？

「お父さん、私。家に入れて。……病院を飛びだしたの、悪かった。ごめんなさい」

「『私』って誰です？」

「ふざけないで、お父さん。愛瑚。お願い。中に入れ――」

「ふざけているのはあんただろ、さっきから『お父さんお父さん』って。うちにはアコなんて娘はいない！」

そう怒鳴る父の声の後は通話が切れる雑音が一度しただけ。何度もチャイムを鳴らすがスピーカーは沈黙したままだ。たまらずドアを手が痛くなるまで叩き続けたが何の反応も返ってこない。愛瑚は崩れるように両膝を突いてドアに頭を付けた。

――これがシンタロウの言う並行世界の混在ってこと？……お父さん、私を忘れちゃった。

気がつくと両目から涙が流れ落ちていた。

――これって、もう死んだのと同じじゃない。

ゆっくりと片膝ずつ伸ばして立ち上がり、数歩後ずさりして二階の自分の部屋を見上げた。

――灯りが点いてる？誰？　私の代わりに娘がいるの？

さらに数歩下がったのち、急に向きを変えて愛瑚はもと来た方向へ駆け出した。

――独りになっちゃった。もうイヤこんなの。余命なんて二年もいらない！　今死にたい！

本気で「死にたい」という言葉が頭に浮かんだ瞬間、前方から大きな爆発音が聞こえた。少し遅れて熱風が街路を縫って彼女に到達し、息が止まりそうになる。さっきタクシーを降りたバス停の方角に巨大な火柱が立ちのぼっていた。

——あれってバス停そばのコンビニの辺り。それが爆発するなんて、爆弾でも落ちた？

死を望むほどの孤立感も、何が起きたのか知りたいという好奇心に負けて、愛瑚は走るスピードを落とさず、火柱が立ちのぼっている方向へと向かった。

途中、野次馬が増えて走ることができなくなり、現場近くでは人の背中を押しのけて進んだ。爆発現場を遠巻きにして見ている野次馬の最前列まで出て愛瑚が目にしたのは、ガソリンスタンドの残骸だった。残っているガソリン類の誘爆がこわくないのか、野次馬達は集まったまま火柱を見続けている。スマホで写真や動画を撮っている者も多い。愛瑚の頭は混乱した。

——ここコンビニだったのに。ここも並行世界が混ざっているのね。

野次馬から悲鳴が上がった。ガソリンスタンドの建物内から火だるまの人間が飛びだしてきたからだ。それを避けるように野次馬達が大きく波打った。人の形をした炎は愛瑚の数メートル前でバタリと倒れ込んだ。周囲は一瞬凍り付いたが何人かが走り寄り、脱いだ上着を使って火を消し止めた。だが、燃えていた人間は動かないので既に絶命したのだろう。焼死体を見るのは恐ろしいので顔を背けようとしたが、焼け残った着衣の色が愛瑚の頭脳に警告を発した。

——紺と白のツートーンカラー……元のコンビニの制服。ガソリンスタンドのじゃない。ということは、ここは今し方並行世界が侵食したばかり……じゃあ、奴が来てるってこと？

愛瑚の思考が終わりきらないうちに聞き覚えのある音が聞こえた。

「けーん」

――「猟犬」だ！……もしかして私を追って？　どうして？　シンタロウを追うんじゃないの？

かなり広い範囲で周囲がゆがんだ。それが収まった時、ガソリンスタンドの前にある交差点の中心に青い竜巻が出現した。この交差点は五叉路《ごさろ》になっている。つまり、どの道も鋭角で交わっているため、「猟犬」の出現条件に適しているのだ。

猟犬の頭が花弁のように開いて青い舌が伸びた。そのまま首をグルッと一回りさせる。

「うぐっ」「ぎゃっ」「げふっ」「！」

いくつもの苦鳴が交差点の周りで爆発を見ていた野次馬達から起こり、腕、首、上半身などさまざまな部位が切断されて宙に舞った。一瞬遅れて血煙が周囲に充満する。人々はパニックに襲われ、蜘蛛の子を散らすように逃げ始める。だが、途中で見えない壁に妨げられ、その前で押し合いへし合いを始めた。親と一緒に来たのか、保育園児ぐらいの男の子が大人達の乱れた足もとで潰れそうになりながら泣き声を上げている。

――やっぱり、外と隔絶されているんだ。……でも、あいつの狙いが私なら、みんなを巻き込んでるのは私。そんなの絶対、絶対にイヤだ！

子どもの泣き声がずっと耳に聞こえている。

――どうせ死ぬ私の命であの子が助かるなら！

そう考えた瞬間、愛瑚の脚は動き出していた。「猟犬」のいる方に全力疾走を始める。シンタロウの説明どおりなら尖ってない物――例えば握り拳なら少しは抵抗できるかも知れない。そう考えての突撃だった。

狙われないよう、左右へのステップを織り込みながら「猟犬」へと迫る。舌を引き戻して閉じた頭まであと少し。その頭の先が開き始めた時、三メートルほど迫った地点からジャンプして拳を突き出した。

「陸上女子を舐めるなぁぁぁっーー！」

ずぼっ
腕がぬめぬめした何かに突っ込んだ感触。愛瑚の拳は、開きかけた「猟犬」の口先から中へとめり込んでいた。中の舌できっと自分の拳は粉砕されると覚悟したがそうはならなかった。一瞬活路が見えたかと思った愛瑚だが、すぐさま恐怖が湧き上がってきた。突っ込んだ腕が抜けないのだ。

――捕まった？　ヤバい、あの自転車の人のようにこのまま浸食されちゃう？

全身が粘液したたる神経繊維の塊のようになった被害者の姿がフラッシュバックした。

「いやあぁぁぁぁ！」

その絶叫とともに愛瑚の姿が掻き消すように消失した。

気がつくと目の前に既視感のある光景があった。夕陽に照らされた尖ったスレートの屋根。

——昼間「猟犬」に襲われたあの場所だ。……これって、私、瞬間移動した？

そうとしか思えなかった。「猟犬」に呑まれていた右腕は、青い粘液をねっとりとこびりつかせたままだが、痛みもなく、浸食された様子もなかった。ただ、激しい脱力感が襲ってきた。

——エネルギー切れ？……でも、私がここに来た以上、あの子達はきっと無事よね。

そう考えて自分を納得させ、彼女はシンタロウのマンションを目指した。他に行く所はない。

愛瑚の突然の来訪にシンタロウは戸惑ったが、彼女の右腕を見てすぐに室内に迎えてくれた。

カーペットにへたり込むやいなやいきさつを彼に話す。それを聞きながらシンタロウはキッチンに置いてあった缶コーラを差し出してくれた。冷蔵庫がないから室温のままだ。一口目はむせかえったが心遣いを無駄にしないよう、文句を言わずに彼女は半分ほど飲んで喉を潤すと話を続けた。

全部聞き終えたシンタロウは愛瑚に正面から向かうと真剣な表情でこう言った。

「おそらくだけど、アコ、君も僕と同じ『ハイブリッド』になったようだ。『猟犬』から逃げようとして鋭角のある場所から場所へ瞬間的に移動したこと。あいつの口に手を突っ込んでも浸食されなかったこと。そして何より、あいつが君を追っていること。『猟人』が『猟犬』を狩れるのは、次元を越えて奴らを追跡できるからで、それは向こうからしても同じなんだ。とにかく、これらは全部あいつら『猟犬』と俺たち『猟人』とにあてはまることばかりだ」

「どうしてそんなことになっちゃったのよ」

「昼間、君が傷を負った時、浸食が起きないのはがんの治療薬のせいかもって話したろ。どうやら、あのとき君の身体に入った奴の粘液と君の特異体質が新しい変化を生み出したらしい。俺が鋭角のないこの部屋に潜んでいるから、奴は君を僕と勘違いして追跡し、襲ったんだよ」

「じゃあ、私、これからずっとあんたと間違われて追われることになるの」

「そんなことはさせないさ」

シンタロウは微笑んだ。

「俺がなんとしてでも先に奴を斃《たお》す。だから安心して今日はここで泊まっていきなよ」

「な、……何言ってんの。男子の部屋になんか泊まれないよ」

「だって、家、並行世界の側になってたんだろ。寝るとこ、どうするんだ？」

そう言われて愛瑚は言葉につまり、顔がほてっているのを隠すために俯く。

「よそに行ったら、奴が現れるかも知れない。ここなら角度処理が済んだから安心だ。俺は今から奴を追跡して次の出現場所を予測し、待ち伏せする。多分……明け方までに斃せる思うからゆっくり眠って待ってるといい」

――なんだ、朝までずっといないのか。

愛瑚はがっかりしている自分に気づいて我ながら驚いた。一層頬が熱くなるのを感じる。

「今から行ってくる。外には出ないで。カップ麺しかないけど、食べていいよ。じゃ」

そう言って立ち上がってダウンコートを着ると、シンタロウの周りにいくつもの青白い蛍のような光が生じた。それが明るさを増しながら彼の周囲を飛び回る。その速さが瞬く間に早まり、ストロボのように一瞬光った後には彼の姿が消えていた。

「すごい……じゃん」と「猟人」の瞬間移動を初めて見た愛瑚はつぶやいた。

——昼から信じられないことばかり。そして今は男の子の部屋で一晩過ごそうとしている。今日っていったい……。

愛瑚はそのまま部屋の中央に腰を下ろし、大きなビーズクッションにもたれかかるとすぐに寝息を立て始めるのだった。


夢を見た。暗闇に無数に走る平行な光の直線。愛瑚は泳ぐような姿勢で宙に浮かんだままその一本を注視する。するとだんだん距離が近づいていき、その直線が視野一杯の大きさになると、潜っていた人間が水面に浮上した時のように突然視界が明るくクリアになった。彼女は見覚えのある場所を俯瞰《ふかん》している。彼女の自宅からそう遠くない「山田池運動公園」だ。夜が明けきらず、辺りが白くなっていく頃らしい。その名が示すとおり、野球グラウンドやテニスコート、庭園がみえる。眼下の庭園で何かが動き回っている。愛瑚は地上に近づいた。庭園のとんがり屋根の東屋《あずまや》近く、青黒い影と青白い光が素早く位置を変えながら、衝突を続けている。

戦っているのだ。光の方が人の形をしているのを彼女は見て取り、短い悲鳴を上げた。

――シンタロウ！

今やコートを脱ぎ捨て、あのレモン色のショットガンを手に、稲妻のようにジグザクに駆けながら、急停止しては弾を発射している。だが、不思議なことに音はしない。青黒い方は「猟犬」だ。シンタロウより動きは速いがショットガンの射角に入るたび、身体のどこかを弾によってえぐられている。すぐに再生するが、その間は動きが鈍る。それでも愛瑚にはシンタロウが劣勢に見えた。時々左手をショットガンから話す。腕を負傷しているようだ。

――このままじゃシンタロウがやられる！

そう思った時には目が覚めていた。

――今のは夢？　違う！　現実だわ。私の新しい感覚が彼のいる場所を突き止めて見せた光景。

愛瑚は跳ね起きた。

――行かなきゃ！　あいつを助けに行かなきゃ！……でもどうやって？

昨日、瞬間移動したときは鋭角の交差点にいた。さっきの光景にも鋭角があった。東屋の屋根だ。愛瑚は目をつぶってできるだけ鮮明にその東屋を思い描く。そして東屋の屋根の頂点に全神経を集中して強く思う。

――跳べ……跳べ。跳べ跳べ跳っべぇぇぇっ！

自分が青白い光に包まれるのが感じられた。そして、ジェットコースターがコースを駆け下る時のようなふわっとした感じの後。

――跳んだ。

眼前にさっき見た庭園が広がる。その奥で青白い光が静止している。

――まだシンタロウの脚が止まっている。まさか。

愛瑚は光めがけて疾走する。たちまち光に近づき、それが片膝着いてうずくまるシンタロウだとわかって息を呑んだ。足もとに拡がる黒いシミは彼の血だ。

「なんだ、家から出るなと言ったのに。……ごめん、しくじったよ」

愛瑚を見上げて苦痛に顔をゆがめながらも白い歯を見せて笑いかける。

――私を守るために。どうせ二年で死ぬ私のために。

愛瑚の視野が赤く染まった。怒りのあまり、眼の血管が切れたかのようだ。

「けーん」と背後で声がした。二人一緒にとどめを刺しに「猟犬」が近づいているのだろう。

少し離れた所にシンタロウのコートが脱ぎ捨てられている。

愛瑚は思い切り跳躍してそのそばに着地し、コートの内ポケットを探る。目当ての物を掴むと振り返って一振りする。それは「猟人」標準装備の「超合金鈍器」。

彼女は両手を後ろになびかせるようにして「猟犬」めがけて走り出す。昨日の交差点の再現だ。だが、今回の彼女は素手ではない。あと数歩まで接近した時、身体を左回転させる。おそるべき加速度をもって鈍器の球体部分が「猟犬」の頭を襲う。

ぐわしっ。

金属がひしゃげるような音とともに「猟犬」の頭が縦長にひしゃげる。その場に横倒しになるが、たちまち肩の辺りから粘液まみれの繊維状組織が頭へと集まり始める。

「アコ、核はまだ死んでない！」とシンタロウの叫ぶ声。

――わかってるわよ。

今度は縦に振りかぶって膨らみを戻しかけている「猟犬」の頭めがけて振り下ろす。

「よくもシンタロウに手を出してくれたわね！　このっ！　このっ！」

何度も何度も振り下ろし続ける。だが不意に誰かが振り上げた腕を掴んだ。

「もう十分だ。核は跡形もないよ」

気がつくと辺りには青黒い粘液が飛び散っていて、地面に大きなくぼみができていた。彼女はそこを叩き続けていたようだ。既に「猟犬」の身体は消えている。

「奴は死ぬとほとんど何も残らないんだ」

「あんた……ケガは？」

「アコが戦ってくれている間にほぼ回復した。再生力はあいつらに近いんでね」

――それ早く言ってよ。心配して損した。

憎まれ口を言おうとしたが身体が勝手に動いてシンタロウを抱きしめる。微かに血の匂いがのこる彼の肩に頭を付けて小声で言う。

「馬鹿」

どれだけそうしていたかわからないが、愛瑚の両肩に手をかけてシンタロウは身体を離した。

「ありがとう。頑張ってくれて。……おかげでこの世界は正常に戻り始めている。混在した並行世界は元の流れへと分離されていくと思う」

「あなたはどうなるの？」

「すぐ自分の世界に戻るよ。分離する時にここにいると異物としてどこかに跳ばされてしまう。そこが人が住める世界かどうかわからないから危険なんだ」

「じゃあ……これでお別れね」

愛瑚はできるだけ平静を保とうとしてあっさりと言った。だが、瞳からこぼれる涙が彼女を裏切っている。

「ああ。君も次元震の『揺り戻し』で少し時空位置がずれると思うけど、本来の世界に戻れるよ。元気でね。」と白い歯を見せてシンタロウが言う。そのタイミングで青白い光が彼を包み、一瞬光った後には姿が消えていた。彼が立っていた空間に向かって愛瑚はつぶやく。

「元気でねって、あと二年しかないっつーの」

そこで彼女の意識がとんだ。

目の前にはランプの点いたインターフォンがあった。愛瑚は自宅の前に立っていた。

——これが「揺り戻し」、時間も場所も昨日に戻ってる。

次にスピーカーから聞こえるはずの辛い言葉を思い出して彼女は耳を塞ぎたくなる。だが、聞こえたのはドアを開けて顔をのぞかせた父の優しい声。

「愛瑚、愛瑚か。部活の様子を見に行くって先に病院を出たのに、結構遅かったじゃないか。……まあいい、今日はお前の全快祝いだ。お父さん、いつも以上に料理に腕を振るうからな。早く入りなさい」

狐につままれたような顔で愛瑚は家に入った。

父と話を交わすうちに並行世界が分離されているのを確信した。

検査の結果、彼女の頭に異常は無く、偏頭痛だろうという結論だった。がんを含め、病気から解放されたとわかり、愛瑚自身も部活に完全復帰する準備に学校へ戻ったことになっていた。

彼女を苦しめた「余命二年」は、並行世界が浸食したことの産物だったらしい。

夕食の後、バスルームの浴槽で形の良い脚を伸ばしながら、彼女は現実から消えた一日を思い出していた。

——なんか、すべてがいい感じに収まったよ、シンタロウ。あんたがいないこと以外はね。

そして、右手の指を左肩に這わせて、そこに残る傷跡のような盛り上がりを感じながら、こう思った。

——でもね、またいつかあんたに会える日が来る、そんな気がするんだ。

# 邪神の肖像

松田　賀露《かろ》

階段の踏板がトントンと音を立てると、襖戸《ふすまど》がさっと開かれた。

「――あら、お上手ねぇ。さすがは一門の師匠と言うだけのことはある」

部屋に入ってきた娘は、畳の上に無雑作に置かれた一枚の絵に目をやると、子供を褒《ほ》めるように言った。

一尺四方ほどの美濃紙には、洋式の上着と洋袴《ずぼん》に陣笠をかぶり、刀を腰に差して小銃を持つ官軍兵士の姿が描かれていた。わずかな描線だけの落書きのような絵だが、兵士が今にも動き出さんばかりの達者な筆使いだ。

旅籠《はたご》の二階の出張り部分に腰かけ、格子戸から眼下の街道を眺めていた若い男が、娘の方を向いて渋面をつくる。

「当たり前だ。おりん、おまえ絵師を何だと思ってる。あんまり遅いんで、手慰《てなぐさ》みに描いてたんだ」

おりんと呼ばれた娘は、男の言葉には動じず、

「なによ、せっかく褒めてあげたんじゃないの。絵師って言っても、絵だけじゃ食べていけな

いくせに……。でも本当に、外をうろついている薩摩兵士にそっくりだわ。本番も、この調子で頼むわよ」

男は口を尖《とが》らせた。――まったく……。褒められたのか、腐されたのか。

男の名は、清川芳晴《きよかわよしはる》。数え年で二十七の、江戸日本橋近くに画塾を構える若き浮世絵師だった。散切り頭の後ろ髪を短く束ね、濃い藍染めに薄桃色の桜吹雪を散らせた粋な羽織をはおっている。全体に小作りで優男《やさおとこ》を思わせる表情の中で、良く動く目だけが少々鋭い光を放っていた。幼少から清川一門で修行を積み、若くして独り立ちを許された天才肌の絵師だったが業界ではまだ駆け出しである。

芳晴とおりんは、江戸から早駕籠《はやかご》を使って一気に東海道を上り、一昨日に駿河国の興津宿《おきつしゅく》に着いていた。二人は、なるべく目立たずかつ裏に厩《うまや》のある旅籠を選んで、その二階に部屋を取っている。京から江戸へと進む官軍（東征軍）は、興津宿の二つ向こうの府中宿《ふちゅうしゅく》まで迫り、かつて家康が大御所として居城していた駿府《すんぷ》城に総督府を構えていた。

「それで？　元締《もとじ》めからの書付《かきつ》けは、受け取れたのか」

「問屋場《といやば》で、無事に受け取ったわよ。金子《きんす》を出して特別あつらえの早飛脚だから早い上に丁寧なものね」

「――で、何と？」

「まだ詳しく読めていないけど、山岡鉄舟《やまおかてつしゅう》と案内の薩摩藩士は、予定通りにこちらへ向かって来ているわ。ただ元締めは、興津を通るのは、明日の早朝になりそうだと書いている」

芳晴は右手を顎に当て、ゆっくりと揉みしだいた。

「いよいよ……、か。山岡鉄舟は、六尺二寸（百八十八センチ）もある大男だったな」

「一刀流の剣の達人で、禅の厳しい修行も積んでいるらしい。この道中も、官軍の先鋒隊に囲まれた中を、朝敵《ちょうてき》山岡まかり通る、って声を上げ、平然と進み続けたって書いてある。——胆力が半端ないわね」

「ふんっ、傾《かぶ》いた御仁だ。もっともそれぐらいでないと、慶喜公《よしのぶ》と勝海舟が、官軍参謀の西郷隆盛への密使を頼むはずもない。江戸が火の海になるかどうかの瀬戸際なんだからな」

芳晴は言い放ったが、その視線は少し下を向き、所在なさげに畳の上をさまよった。おりんは、その視線を目ざとく追うと、

「ねえ絵描きの師匠さん、怖気づかれたら困るわよ。それほどの男を守る、影の大役なんだからね」

芳晴は、また唇を歪ませた。

——くそっ、おりんの奴。歳は同じなのに、絵描きの師匠なんてからかい半分に呼ぶ上に、いつも高飛車に……。だが……。

薄緋色《うすあけいろ》の着物姿のおりんの背丈は芳晴より少し低いだけで、すらりと均整が取れている。外を歩くために深く顔を覆ったほっかむりからは、細い顎《あご》としまった頬が覗いていた。

芳晴に歩み寄ったおりんは、その京むらさきのほっかむりをすっとほどいた。

そこには、鮮やかに輝く黄金色《こがねいろ》の傷跡が走っていた。おかっぱ風の短い黒髪の顔立ちは、凛として美しい。しかし、つぶらな右の瞳の中央を割るように、額から右耳の下に向けて、刀傷に金箔を塗りこめたような傷が走っている。いや、一度切り取られた頭を金細工で継いだような傷跡、と言った方が正しかった。艶のある黒髪も、その金線を境にして一部は色が抜け金色に光っている。

江戸には、割れてしまった茶道具などを漆《うるし》と金を使って修理し、再び商品として扱う店があった。金継《きんつ》ぎと呼ばれるそれらは、無作為の破片が織りなす金線模様によって壊れる前より美しく、法外な値のつくものもあるという。

——このおりんは、金継ぎの娘だ。ばらばらに裂かれた体を金で紡《つむ》いで蘇った娘に、おいそれと逆えはしない。それにこの姿を見せられたら、異国の邪神や魔導士とやらも信じないわけにはいかないいんだ……。

「馬鹿を言うな。おれは絵筆しか持たないが、剣の達人だろうが髭面の異人だろうが、誰に向かっても臆することはない。だが相手が、魑魅魍魎《ちみもうりょう》だというなら話が違う。怖気づく訳じゃないが、本当におれに見えるのか？　その邪神って奴が」

「元締めは、あなたの持つ、さとりの絵師としての感性なら見える、って言ってたじゃないの。あたしは元締めを信じているわ」

「だが、もし見えなければ？」

「相手は邪神なのよ。よほど運が良ければ、あたしみたいに生き残れるけど……。とにかく、あなたはもう元締めと約定《やくじょう》を結んだの。臆せずに、しっかりと目を開いておいてね。それより、帰りに大福餅を買ってきたわ。あなたの分もあるわよ」

「――ちぇっ、気楽なもんだ」

三月初旬（現在の四月初旬）とはいえ、小さな旅籠の二階の部屋はまだまだ寒かった。おりんは置かれてあった火鉢の側に座ると、懐《ふところ》から取り出した大福餅の包みを開け、ぱくりとほうばる。物を見るには困らないという半分が金色の右の瞳が、嬉しそうにきらりと光った。残ったもうひとつを包みごと、少し惜しそうにずずっと芳晴の方へ押し出す。

芳晴は、ありがとよ、とだけ小さく言い、再び格子戸から街道を見下ろした。薩摩兵士が二人、あたりに目を配りながら銃を肩に歩いているのが見える。興津宿は甲州にも通じる交通の要所だが、官軍を恐れてか街道を行く人々は少なかった。

――まったく……。官軍に邪神とやらに、このおりんだ。山岡鉄舟を、そして江戸の人々を邪神から守るなんて、とんでもないことに巻き込まれてしまった。だが乗りかかった船だ、もうやるしかない。

芳晴は羽織の懐の中で、絵筆をぐっと握りしめる。脳裏には、先日の江戸での出来事が蘇っていた。

四日前、日本橋の浮世絵の版元《はんもと》の客間で座布団に座った芳晴は、壮年の恰幅《かっぷく》の良い男と向かい合っていた。いつもは愛想の良い版元が、その男をただ元締め、とだけ紹介すると、そそくさと居なくなってしまっている。

男は生糸《きいと》などで外国と貿易する商人たちに加えて、何やら異能の職人たちを束ねる元締め、という事らしかった。しかし、きちんとした身なりと落ち着いた表情は、江戸の町奉行と言われてもおかしくないほどの貫禄である。

「あんたが、おれの借金を肩代わりしてくれた上に、更に大金を出そうっていう奇特なお人かい？　代わりに何か仕事を頼みたいって事らしいが、おれは絵を描く以外は何もできないぜ」

芳晴は、不審げな表情をありありとさせながら言った。元締めは、手にしていた湯呑みを、座布団の前の盆にことりと置く。

「清川芳晴、浮世絵界の異端児か……。おまえの、さとりの絵師、と言う異名を聞いて版元を尋ねてきたのだ。なに、頼みたい仕事とは、ある男を見ておまえが感じ取った姿を、絵にしてもらうだけの簡単な事だ。今ある借金を支払った上で、上手く事が運べば借りていた金子の十倍を払おう」

芳晴の喉が、ごくりと鳴った。三年は何不自由なく一門を養っていける額、いやそれ以上だった。

若くして独立し、すでに二人の内弟子を持つ芳晴だったが、その生活は困窮していた。版元に頼み込み借金を重ねて凌《しの》いできたが、いよいよ本当に後が無い。そんな折、この男が突然に現れたのである。

「絵にするだけの簡単なこと……、か。でも、おれの異名を知っているぐらいなら、悪い噂も聞いているだろう。おれは自分が絵心《えごころ》をそそられる物以外は、頼まれても描けない難儀な性分なのさ。一門のためにと自分を抑えようとはしているが、どうしても我が出てしまう。市井《しせい》で喜ばれる浮世絵は苦手で、今じゃ大店《おおだな》の旦那方を相手に一枚物の肉筆画《にくひつが》を描いているが、それでも食っていけずにこの有り様だ」

「わしは、その傾《かぶ》いた感性に引かれて来たのだ」

静かに微笑んだ元締めに、芳晴は不審げな表情をあらため、耳を傾けた。

「悪行三昧《ざんまい》の英国商人を地獄絵図の餓鬼になぞらえ、心胆寒《しんたんさむ》からしめた。また、大店の奥方が亡くした子の立派に成長した姿を描き、その気鬱《きうつ》を払った。——さとりの絵師としての逸話は、版元から詳しく聞いた。人を見て何か常人が気付かぬものを一瞬で読み取る眼力《がんりき》と、少々では物怖じしない胆力を持つようだな。それを活かして金子に変える術《すべ》は、まだ未熟なようだが……」

「ちぇっ、褒めるだけにして置いてくれ。——まあ、おれだって小さいながら一門を構えているんだ。正直なところ、金子はいくらでも欲しい。でも絵心をそそられない仕事は、金輪際受けられない。それを踏まえた上で、あんたは一体、誰をどう描けって言うんだ？」

「ふむ、興味はありそうだな。だがこの仕事は、少しばかり危ない橋を渡らねばならぬ。引き受ければ、二言はないぞ」

「おれも絵師だ。絵心さえ湧《わ》けば、少々の危ない橋ぐらい何でもない」

するると元締めの目元が締まり、膝に置かれた手がぐっと握られた。

「おまえに描いてもらいたいのは、ダン・カーターという米国《アメリカ》の商人だ。その男はいま、恐らくは官軍と共に駿府あたりにいるはず。だが仕事は、奴の肉筆画を描けというわけではない。わしが欲しいのは、さとりの絵師としてのおまえの目だけだ。その目でカーターの真の姿を見定めて、心の中に描いてくれさえすれば良い」

「心の中で描けだって？　絵師は、鍛えた筆で紙に描いてなんぼだぜ」

「おまえの筆に代わる物は、こちらで用意する。だがカーターの真の姿は、並みの眼力では見定めることはできぬぞ。――実は奴の正体は、異国から来た邪神なのだ」

「じゃしん、だぁ――？」

芳晴の目が動きを止め、眉根が寄せられた。再び不審げな表情が、ありありと浮かぶ。

「詳しく話さねば、わからぬだろうな……」

元締めは湯呑みを再び手にして、ぐびりとひと口含んだ。

黒船が浦賀に現れ、五か国通商条約が結ばれた後、米国からの商船で、カーターに姿を変えた邪神は日本の国へやって来たという。その目的は、日本を混乱に陥れて大勢の人々の不信と憎しみを掻きたてること。邪神はその大きな負の力をかき集め、更に上位の邪悪な存在を蘇らせようとしているらしい。異国の地では太古の昔から、同じ様な奸計《かんけい》を計る邪神たちと、魔導書や古代の遺品の力で彼らを抑えようとする魔導士と呼ばれる者たちが、秘かに戦ってきたという。

元締めは生糸貿易を通じて、英国公使パークスの通訳でもあるアーネスト・ダレスと知り合った。ダレス本人は魔導士ではないがその結社と深く関係し、英国の貿易を通じて邪神たちの動向を探る事で共に戦っているという。元締めはダレスに、商人としての行動力と資金力、何よりもその人物を認められた。そして幕府や薩長にも公《おおやけ》にはし難い邪神の存在を打ち明けられ、彼と協力して日本に入り込んだ邪神と戦う決意を固めたのだった。

「この仕事は、ただ金子のためではない。この日本を未曾有《みぞう》の災厄から守るためだ」

元締めは太い声で、話を締めくくった。

——こいつはまずい……。

芳晴の背筋に、冷たいものが走っていた。絵心はもうすでに、うんと言っている。邪神という怪しい言葉の響きに、囚われてしまったと言っても良い。だが一門の師としての理性が、激しい警告を告げていた。絵にのめり込み過ぎておかしくなった連中は、何人も見て来ている。

芳晴は、なるべく相手を刺激しないよう静かな口調で、

「話は分かった。……でも元締めさん。そんな黄表紙《きびょうし》本のような話を、おれに真面目に信じろというのかい？」

「おまえも今まで、地獄絵図や妖怪変化を絵にしてきたではないか」

「だからこそ、だよ。鬼や妖怪どもなんて、しょせん現世の人が感じる様《さま》を何かになぞらえて作り出し、楽しんでいるだけのものだ。――異国からの邪神なんてのが本当にこの世に居るって言うなら、おれは筆を折ってもいいぜ」

元締めは、ふふふっと微笑んだ。

「今の言葉は、聞かなかったことにしてやろう。だが確かに、見なければ信じられぬだろうな」

元締めは座布団に座ったまま廊下の方へ顔を向け、入れっ、と太い声を出した。襖戸がすぐに開けられ、薄緋色の着物を着た娘がすっと音もなく入って来た。気配を感じさせずに、廊下で二人の話を聞いていたのだ。

芳晴は、絶句していた。現われたのは、美しい肌をこの世のものならぬ金継ぎで繕《つくろ》った娘――。

「我々はすでに一度、京の都でカーターと戦い敗れている。この娘は魔導士として戦い、奴に引き裂かれたが、かろうじてこの世に蘇ったのだ。金継ぎは、その奇跡のあかし」

芳晴の開かれた口中が、一瞬で乾いていた。

「あら、まだ信じられないって顔ね。お望みならば、もっと見せてあげていいけど」

娘は着物の襟に手をかけたが、芳晴は口を開いたまま小さく首を振る。

「この娘も、人に姿を変えた邪神を見定める眼力を持っていたはずだった。だが京での戦いで魔導士としての力を削がれ、眼力も失われてしまった。おまえには、娘の目の代わりになってもらいたいのだ」

「絵描きの師匠さん、よろしくね。あたしのことは、おりんって呼んでもいいわよ」

おりんは首を傾げて、にこりと微笑んだ。

「早速だが、時間がない。――江戸無血開城の噂は、おまえも聞いておろう。すでに幕府の密使の山岡鉄舟という剛《ごう》の者が、親書を携《たずさ》えて官軍の西郷の居る駿府へと向かおうとしている。ダレスからの情報では、カーターはその密議を妨害するつもりだ。交渉を決裂させ、江戸を戦場にしようとしているのだ」

元締めは芳晴の返事を待たず、すでに当然のものとして指示を並べ立てていく。

「おりんと一緒に、早籠を使いすぐに駿府に向かって欲しい。鉄舟を先回りして、駿府の手前の興津宿で待つのだ。わしは横浜に寄ったあと鉄舟の後を追い、状況を逐一おまえたちに知らせる。興津宿では、カーターと戦うための準備がいる。わしの代わりに、おりんの指示に従うのだ、良いな」

おりんが大仰な仕草で腕を組んだ。口元に、にやりと笑みを浮かべる。

芳晴はようやく息を吐き出し、目を見開いたままつぶやいた。

「たまんねえな……、絵心が弾むぜ」

東海道、駿河国の興津宿は、海岸からほど近い場所である。宿を出て街道を横切り、広い松林を越えればもう駿河湾だった。

真昼九つ（正午）過ぎの春の日差しの下、芳晴とおりんは一頭の馬に並んで跨《また》がり、松林の中を進んでいた。馬は興津宿で手配したもので、荷馬ではなく早馬に使う優秀な馬である。さらに馬具職人に大金を支払い、急ごしらえで鞍を広げて鐙《あぶみ》を二つに増やさせていた。

どこで習ったものか、おりんは楽し気に馬を操り松林を歩ませていく。いっぽう芳晴は鐙をぎごちなく踏みしめ、汗をかきながら必死になっておりんの肩をつかんでいた。

――くそっ、女の背にしがみついて馬で行くなんて、まったく絵にならないぜ。

「なあ、おりん。いくらカーターに向かって二人して馬で駆け込むからって、こんな稽古がいるのか？」

「版元さんに聞いたわよ。あなた体を動かすことは、からきし駄目なんでしょう。明日までに慣れておかなくちゃ、途中で落ちられたら元も子もないわ。はあ……、あたしの眼力が失われなかったら、こんな面倒をしなくてもひとりでやれたのに」

「――何言ってやがる。巻き込まれたこっちの身にもなってみろ」

おりんは芳晴の様子を伺いながら、松林を進む馬の足を少しづつ早めていく。芳晴は不器用ながらも徐々に要領を掴み、しばらくすると馬が早足に駆けても何とか姿勢を崩さずに乗ってい られるようになった。

と、その時、馬が急にいななないて、足を止めた。芳晴はどすんと、おりんの背に顔からぶつかる。ぶるるっ、と鼻を鳴らす馬の前に、二人の薩摩兵士が険しい表情で立っていた。

——ほら、見ろ。だから、その格好は止めておけって言ったのに……。

羽織姿の芳晴と違い、おりんは英国士官のように、前ボタンの黒い詰襟《つめえり》に洋袴をはいたきりっとした軍服姿だった。さらに、つば付きの軍帽を深くかぶって鼻と口を灰色の手拭いで隠し、目元を良く見えないようにしている。街道を外れて二人して馬を走らせているだけでも怪しいのに、これでは官軍の兵士に呼び止められても仕方がなかった。

二人は、命じられるままに馬から降りた。芳晴は作り笑顔でぺこぺこと頭を下げ、旅の者でたわむれに……、と言い訳したが、おりんは帽子のつばをさらに下げて黙ったままである。舐《な》められたと思ったのか、兵士のひとりが体を横に傾げて軍帽の下のおりんの顔を伺うと、うんっ、と表情を変えた。

「おまえ、女か？　顔を見せろ」

まずい、と芳晴が横から口を出すより早く、兵士は手にした小銃の筒先を器用に動かすと、軍帽と手拭いを引っ掛けるようにして弾き飛ばした。

おりんは口角を上げ、ぞっとするような表情で微笑んでいた。黄金の傷跡と右目の半分が、日の光にきらりと輝く。

うおっ、と二人の兵士が後ずさると、おりんは低くつぶやき始めた。

「ウム、レグラ、ソムラルガムラ……」

芳晴には良く聞き取れなかった呪文に、兵士たちは全身をはっと硬直させた。表情がこわばり、時を止められたように瞬《まばた》きすらしなくなる。しばらくしておりんが呪文を唱え終えると二人の目はゆっくりと閉じられ、松の落ち葉の地面にどうっと倒れ込んだ。

「力を失ったとはいえ、あたしは魔導士見習いよ。——舐めないでね」

芳晴は、笑みを浮かべて兵士たちを見下すおりんの隣で、ふうっと息を吐いた。

——これが呪力ってやつか。おりんの奴、カーターに魔導士の力を削がれたと言っていたが、まだ力を全て無くしたわけじゃない……。

「行きましょう。一刻《いっとき》もすれば、二人とも気が付くわ。もちろん何も覚えてはいないはず」

おりんはそう言うと、芳晴を促《うなが》して再び馬に跨る。

しばらく進むと松林が突然に途切れ、波の音と共に目の前に駿河の海が現われた。左右にずっと続く遠浅の砂浜に、初春の海の青さがまばゆい。ゆるりと吹く風の気持ちよさに、二人は馬から下りて波打ち際まで近づき、しばらく波の音に耳を澄ませた。

気が晴れた芳晴は、少し遠慮しながらもおりんに尋ねてみる。

「なあ、カーターと京で一度戦ったと言ってたよな。鳥羽伏見で戦ったのか？　派手な鉄砲の戦《いく》さだったと言うが……」

おりんは、ううん、と首を振った。

「カーターは、いえ邪神は、そんな戦場《いくさば》には出てこない。奴らが暗躍するのは、もっと地味で陰に隠れ、でもより大きな災いをもたらす舞台なの」

おりんの話では、それは鳥羽伏見の戦いのひと月前、禁裏《きんり》（京都御所）で発せられた王政復古の大号令の時だったと言う。三歳の明治天皇を擁《よう》して公家の岩倉具視《いわくらともみ》らが起こした旧幕府排除の反乱が、その後の鳥羽伏見の戦いと官軍の江戸への進軍の引き金となったのである。

貿易による自国利益の確保のため、日本の内乱を望んでいなかった英国公使パークスは、ダレスに命じて公家の動きを監視させていた。ダレスはそこで、岩倉の周囲の過激派たちを思い通りに操るカーターの存在を知り、邪神の影を見たのだった。

ダレスの元で魔導士としての修業を積んでいたおりんは、元締めと共に京へと向かった。元締めは、まだ修業中のおりんの力でも、カーターと戦うことはできると考えていた。ダレスが結社から入手した情報によれば、カーターは米国の邪神が手始めに日本へ送り込んだ眷属《けんぞく》かその下僕という事だったのだ。

加えておりんは、ダレスに渡された魔導書を手にしていた。魔導書は呪文を書き記したものというだけではなく、それ自体が強力な武器でもあった。邪神との戦いでは、相対した時に記憶した呪文を唱える時間があるとは限らない。魔導書は、魔導士がそれを手にして強い思力《しりょく》を送れば、その思いに沿った呪文の力をすぐさま発動してくれるのだ。

しかし魔導書の力は、そこに書かれている呪文の内容で決まる。おりんが持った魔導書は、写本を重ねて所どころが抜け落ちた不完全なものだった……。

「魔導書の力が弱くて、カーターに敗れたってわけか？」

「いえ、そうじゃない。魔導書を使う間もなかった……。あたしは元締めと別々になってカーターを捜していたけれど、逆に狙われていたのはあたしの方だった。カーターは魔導書が近くに来れば、どうもその匂いを嗅ぎつけられるみたいなの。朝もやの鴨川の河原でいきなり襲われ、邪神の姿を見定める間もなかった。魔導書を破られ体を裂かれながら感じたのは、とてつもなく深く暗い底無しの闇だった。カーターはきっと、大物の邪神に違いないわ」

芳晴の心に、さっと不安の影が差す。

――今回は魔導書を嗅《か》ぎつけられないうちに、馬で一気に駆け寄ろうってわけだが、そんな大物なんて奴を本当に倒せるのか？

「でも体を裂かれても、何とか助かったんだろう？」

「カーターはばらばらにしたあたしの体を、その肉片の数だけ、幾つもの異世界へと弾き飛ばした。だけど最後に放った思力が、破られても魔導書に残っていた復活の呪文をかろうじて発動させて、この世界に戻って来れたの。もっとも魔導士としての力はかなり失われ、もう元にはもどらないわ。記憶に残ったわずかな呪文しか使えないし、邪神の真の姿なんて見える気がしなくなったもの……」

伏せ目がちになったおりんに、芳晴は少し話を変える。

「だけど、わからないな。カーターが大物の邪神だっていうなら、過激派の公家を操るなんて、何故そんな手間のかかるやり方をするんだ？　天子《てんし》様でも公方《くぼう》様（将軍様）でも、直接動かせばいいじゃないか」

「あたしにも、わからない。だけど異国でも、邪神たちは決して目立たないように行動するみたいなの。奴らにも、何か時が満ちるまでは大っぴらに力を振るえない理由があるらしいわ」

「あくまで目立たぬように――、か。それで密使の山岡鉄舟を狙うってわけだ。でも邪神も世の中を動かすのに苦労してるって言うなら、徳川や薩長と大して変わらないな」

「いえ、奴らはむしろ、それを楽しんでいるような気がする。――人々をたぶらかして不信や憎悪の念を植えつけ、炭を起こすようにゆっくりと煽っていく。とは言っても鉄舟を操り、密議の席で西郷を襲わせるぐらいの事はやるかもしれないけど……」

海の方を見やったおりんは、馬の手綱を引いて歩き始めた。波打ち際の締まった砂浜を、二人と一頭はゆっくりと進んでいく。

「とにかく、おれはカーターに化けた邪神の姿を見定める。それで奴を、退治できるんだろう？」

「退治だなんておこがましいわ。一刻、奴を生まれ出た場所に払えるだけよ。邪神はいつかまた戻って来るだろうけど、とにかく江戸の町を救うことはできる」

芳晴は、空の雲を見上げた。あーあ、と不満げに声を上げる。

「命がけでも邪神を払えるだけなんて、なんか絵心が萎えるぜ。それに元締めは心の中で描くだけでいいなんて言ってたけど、絵師は鍛えた筆でそれを現してなんぼだ。おれの目だけを借りられても、筆の方が手持ち無沙汰でしょうがないや」

ぼやいた芳晴に、おりんは悪戯っぽい表情を浮かべた。

「それなら、その自慢の筆の力って言うのを見せてもらおうかしら。実はこの軍服姿も、そのための仕込みなんだけど……」

「――何だ、気持ち悪い。男装した金継ぎ女の美人画を描けって言われても、おれの手には余るぜ」

「馬鹿、違うわよ。ともかく宿に戻りましょう。興津宿に元締めが着くのは、夕刻あたりになるはず。仕込みの時間は、まだたっぷりとあるわ」

――ちくしょうめ、気にはしないが……。おれは春画《しゅんが》は苦手なんだ。

目の前には、おりんの眩しいばかりの肢体があった。へそから下は洋袴姿だが、上半身は詰襟を脱ぎ捨てて細いさらしを一枚、少々ひかえめな胸のふくらみに巻いているだけだ。この時代、女性が人前で胸を出すことに、男女ともに抵抗はない。さらしは、芳晴がおりんに頼んで巻かせたものだった。もっともさらしには肌に合わせて色がつけられ、ひと目には何も付けていないように見える。旅籠の二階には日中は日が入り、火鉢のおかげもあって寒くはなかった。

少し気が落ち着いた芳晴は、おりんの肌に走る金継ぎの傷をじっくりと見つめる。右肩から袈裟懸《けさが》けに左の脇へと長く走る傷、左手の二の腕の幅広いぎざぎざ、さらしのすぐ下から右腰への傷は黒い洋袴の中へと続いている。芳晴は、ふうっと息をついた。

「まったく、邪神にどれだけ引き裂かれたって言うんだ」

「よければ、洋袴も脱ぐ？　それより早く始めないの？　さっきから顔に汗をかいているだけじゃないの」

へんっ、と顔をしかめた芳晴は筆を手にすると、脚の高い椅子に腰かけたおりんの前に仁王立ちした。脇の机には、墨がたっぷりと摺られた硯《すずり》と、ぼろぼろの色褪せた一枚の紙が置かれている。鴨川のほとりに残されていた魔導書の断片を拾い、つなぎ合わせたという紙には数行の呪文が書かれていた。

「まったく、こんな訳のわからない文字を書き写せだと……」

「難しく考えないでね。その短い呪文をそっくりそのまま、肌に書いてくれればいいの。あたしと同じに、幸運にもこの世に残った邪神の動きを止める呪文なんだから」

芳晴は英国《イギリス》や仏国《フランス》の文字も、もちろん見たことがある。しかし、呪文の文字はどちらにもまったく似ていなかった。仏教の梵字《ぼんじ》をさらに複雑にした、絵に近い文字もある。

――しゃくだが、おりんの言う通り、写し絵と思ってやるしかないか。

覚悟を決めた芳晴は、おりんの肩とさらしの間の肌に、えいっと筆を下した。目を半眼に開き、色褪せた紙の文字だけを平たく見て筆が動くままに任せる。

そして、文字をひとつ写し終えると、芳晴の表情は自信に溢《あふ》れた浮世絵師のものに変わっていた。顔の汗は引き、胸をどぎまぎさせ気まずく思えたおりんの肌が、美濃紙と変わらぬものに見えてきている。芳晴の頭の中で、すべての呪文がおりんの肌の枠にぴたりとはめられ、鍛えられた筆先がそれをなぞるように金継ぎやさらしの上にも墨を落として行った。

しばらくして、何か耐え難い表情になったのはおりんだった。目の前で対峙する芳晴の表情が急に鋭くなったせいか、それとも筆先のこそばゆい感触のせいか、少し困ったような表情を浮かべ体を固くし始める。

芳晴は筆を走らせながら、気を使って話しかけた。

「なあ、おりん。おまえ何でこんな事に巻き込まれたんだ？」

「こんなって、邪神との戦いってこと？　何でそんなこと聞くのよ」

「まあ……、少し絵心が湧いてきたからな」

芳晴は、わざとぶっきらぼうに言う。おりんは苦笑いして、

「人には、話したくないこともあるからさあ……。でも簡単に言えば、上野の家を放り出され

たあたしを元締めが拾って養ってくれたの。それから何やかんやで魔導士の修業を積むことになった訳だけど……」

——ちぇっ、ここら辺りの歯切れは悪いんだな。でも上野には、武家の屋敷が多い。もしおりんが武家の娘で男勝りに育てられたとすれば、馬に乗れるのも読み書きの力も合点がいくが……、高飛車な物言いもだ。

「人のこと聞くのなら、あなたは何で絵描きになったのよ？」

「おれは貧しくて算勘《さんかん》も得意じゃなかったから、絵しかなかったんだよ。門を叩いた清川の師匠が特に目をかけてくれたおかげで、若くして小さいながらも一門を構えられた。弟子は二人とも職人の次男坊で、飯より絵が好きな奴らだが腕はまだまだだ。何とか絵で食っていけるようになるまでは、おれが守ってやりたい」

「ふーん、それなら描くものを選んで借金してる場合じゃないでしょうに」

筆先を見つめる芳晴の鼻先で、そう言っておりんが笑った。

「……それを言うなって」

言うと芳晴は口をつぐみ、また筆先に意識を集中する。

「まあ、我儘《わがまま》なだけの絵描きさんかと思っていたら、そうでもなさそうね……」

肩の力が抜けたおりんが、ぽつりとつぶやく。しばしの間、部屋には筆が走る音だけが響き、何か静謐《せいひつ》な時が流れていった。

芳晴は畳に足を投げ出し、押し入れの柱に背を持たせかけて、ほっと一息ついていた。おりんは椅子に座ったまま片手に手鏡を持ち、肩から腹に書かれたばかりの呪文を確かめている。もう一方の手には、分厚い今川焼きが握られていた。馬を走らせた帰りに、また買い求めていた甘い物である。

「よし。これで一ノ矢《いちのや》は整った」

「一ノ矢？」

「カーターは手強いわ。それに、あたしたちは京で多くを失ってしまった。いまあたしたちに残された力で出来る精一杯のことを、三段構えの仕掛けに仕込んだの。一ノ矢が、あなたが書いてくれたこの呪文。いったん破られた魔導書はもう使えないけど、肌に写したことでいまのあたしの思力でも呪文を発動できるはず。二ノ矢は、幸運にもあたしの記憶にまだ残っている、暴露の呪文よ。馬で一気にカーターに近づきながら、思力で一ノ矢を放って動きを止め、同時に素早く呪文を唱えて二ノ矢を放つ。これで、カーターがまとった人の姿を剥《は》がせるはず。最後の三ノ矢が、あなたの目よ」

「そんなことをしなくとも、おれの眼力って奴で邪神の姿は見れないのか？」

「申し訳ないけど、あなたにそこまでの力は無いと思う。暴露の呪文で奴がまとった姿を剥がさないと、邪神を正しく見定めることはできないわ」

おけいはそう言うと、手にした今川焼をひと口ぱくりとほうばった。餡子《あんこ》の甘い香りが、部屋にほのかに漂う。

「むう……、おりんん様頼りってわけか」

「その通り。でも今のあたしの力では、すべてが上手くいってもカーターのまといを剥がせるのは、恐らくほんの一瞬だけなの……」

おりんは、もぐもぐと口を動かしながら、芳晴を済まなそうな目で見る。

「へっ、わかったよ。その一瞬で、心に描けって言うんだろう。やってみせるが、それでどうやってカーターを倒せるのかを、まだ聞いていないぜ」

「その事は元締めが、あなたの筆の代わりになる物を持って来てから話した方がいいわ」

「ちぇっ、まだ謎かけがあるのか？　何かどんどんと、おれの肩の荷が増えていく感じだな」

その言葉を聞き流したおりんは、今川焼きをひとつ食べ終えると椅子に座ったまま芳晴に背を向けた。

「ねえ、肩の荷ついでにもうひと頑張りしてもらえるかしら。呪文が重なれば少しは力が上がるはず……。背中にもお願いいね」

芳晴は思わず柱から背を離し、顔を上げた。しょぼついた目をまばたかせて、おりんの背中に走る幾本もの金継ぎの傷跡を見る。

——まったく……、人使いが荒いぜ。

興津宿に、雨がしとしとと降り始めていた。冷たい雨ではなく、生暖かい風を伴った春の雨である。夕刻の旅籠の部屋はすでに薄暗かったが、点けられた行燈《あんどん》と同じくらいにおりんの表情は輝やいていた。

——ちぇっ、おりんの奴、見ちゃいられないな。

元締めは座布団に正座して、脇の火鉢に手を向けている。雨の中、早駕籠を使って興津宿に着いたばかりだ。合羽や脚絆《きゃはん》はすでに外しているが、旅装束のままの膝の前には立派な桐箱が置かれていた。

元締めの到着を喜ぶおりんに不満げな芳晴は、腰掛けた格子戸の近くからぶっきらぼうに尋ねる。

「元締め。結局のところ、鉄舟はいつここに？」

元締めは、おりんが入れた熱い茶をぐっと飲み干した。

「一里（約四キロ）手前の由比宿《ゆいしゅく》で、宿を取るのを見届けてから来た。この雨もあって、一気に駿府まで行くのは止めたようだ」

「では、明日の朝早くに——」

おりんが眼差しを鋭くして、元締めを見る。

「地元の駕籠かきの話では、この雨は夜ふけには上がると言う。鉄舟たちは、おそらく日が昇る前にも由比宿を発つだろう。だが、由比からは少し峠道だ。夜が明けきり明るくなってから、興津を通ることになるだろう」

おりんはこくりと頷くと、今度は畳に置かれた桐箱に視線を落とした。

「――これが例の」

「そうだ。横浜でダレスから直接受け取った。ジャワから横浜への便船がずいぶんと遅れたが、なんとか間に合った」

元締めが頷くと、おりんはもどかしげに桐箱の紐をほどき蓋を開いた。中から慎重に、両手のひらほどの大きさの竹皮に包まれた塊を取り出す。それを畳の上に置くと縛ってあった糸をほどき、ゆっくりと竹皮を開いていった。

うおっ、と横目で見ていた芳晴が、思わず声を上げた。

――何だ、これは？　牛鍋の肉？　いや、生乾きに縮んだ脳みそか？

姿を現したそれは、一瞬びくりと赤黒い肉ひだを震わせた。おりんと元締めは、まったく動じてはいない。芳晴だけが、顔を青くしていた。

「元締め、筆の代わりっていうのを持ってくるんじゃなかったのか？」

かすれた声で言った芳晴をさえぎって、おりんが目をきらきらと輝かせる。

「もうひとりのあたしの記憶は正しかった！　これがあなたの筆の代わり、切り札の魔導書よ」

「ダレスが本国にも働きかけ、世界中を捜して手に入れてくれたものだ。東インド会社のジャワの保管庫に、厳重に封印されていたらしい」

長く続く戦いの中で、中世の回教世界《イスラム》の魔導士は、邪神に敗れた魔道士の脳髄を取り出し木乃伊《ミイラ》として保存する秘法を編み出したという。もちろん、それに人間としての意識が残っているわけではない。しかしそれは、生前に記憶していた魔導書の呪文を保ち続け、魔導士の思力を受けて発動することができる、いわば生きた魔導書だった。

「手に入れられたのは、異世界で邪神と戦っているあたしのおかげよ。こちらの世界にも同じ物があって良かった」

もうひとりのあたしとか、異世界とかいう言葉に付いていけずに思案顔の芳晴に、おりんが語り始めた。

「京でカーターに異世界へと飛ばされたあたしは、この世界に似てはいるけど違う異世界が、星の数ほど並んであることに気が付いた。あたしが通り抜けたのは、ばらばらにされた体の数だけだったけど、その全ての世界にもうひとりのあたしが居るのを感じた。――あたしが戻って来れたのは、復活の呪文のおかげだけじゃない。その幾つもの異世界のあたしたちが持つ思力が、ばらばらの体を紡ぎ、この世界に返してくれたんだと信じている。なぜなら、いまでも繋がっているのを感じるもの……」

「いまでも、繋がっているって？」

おりんは、夢見るような視線を宙に放った。

「異世界のあたしたちの記憶を、昼でも夜でも、ふいに思い出すのよ。函館の城に籠って戦う徳川の公方様、島津の御紋を掲げた空飛ぶ鉄の船、江戸城よりも大きな輝く四角い建物の町……。時も場所もばらばらだけど、確かに憶えているの」

――そいつらをおれに見せてくれたら、皆が驚く絵にしてやれるのにな。

芳晴の心に余計な絵心が浮かんだが、口には出さずに、

「その誰かさんかの記憶に、この不気味な奴があったというわけか。でも、こいつはどうやって使うんだ？　まさか口を開くわけじゃないんだろう？」

「あなたがこれを持ち、見定めた邪神の姿を心で絵にして思力を放てば、必ずカーターを倒せる。――邪神を放逐《ほうちく》するためには、その邪神のことを詳しく記した呪文が書かれていなければならないけど、この魔導書の元の人物は位の高い魔導士だったという。例えカーターが大物の邪神でも、きっとそいつを放逐できる呪文を記憶しているはずよ」

芳晴の顔が、さっと青くなった。

「待ってくれ。それを持つのは、おれの役目か？」

「ただ持つだけじゃ駄目よ。取り込んで一体にならないと、せっかくの生きた魔導書の力が半減しちゃうわ」

「取り込む？　一体になるだと？」

芳晴は助けを求めるように元締めを見たが、元締めも表情を変えずに、

「肌に当てると自然に取り込まれる、とダレスは言っていた。――痛くはないはずだ」

それ、がまた、びくびくと肉ひだを震わせる。芳晴も、ぶるぶると顔を震わせた。

「いくら江戸の人々のためと言ってもだ……」

おりんが右目を金色に光らせ、表情をきっと引き締めた。

「あたしが通った異世界の全てに、邪神たちはいた。でも同じように全ての世界で、誰かが邪神と戦っていた。この世界のあたしたちも、負けるわけにはいかない」

元締めも膝をずずっと前に出し、体を芳晴の方へ向ける。

「邪神の狙いは、江戸の町を焼くだけではないぞ。もっと大きな奴らの目的は、遺恨《いこん》を残すことなのだ」

「――遺恨？」

「旧幕府と官軍が江戸で戦えば、どちらが勝とうが必ず両者に、互いを憎む大きな遺恨が残る。奴らは、何百年にも渡って繰り返し争いの種となる遺恨を、大勢の人々の心に植えつけたいのだ。その負の念が世界に満ちた時、もっと大きな災厄が訪れる。それだけは、防がねばならぬ」

己《おのれ》にも言い聞かせるような元締めの太い声に、芳晴は懐の中で絵筆を強く握りしめた。

「――わかったよ。ようやく、ふつふつと絵心が湧いてきた」

「わかったら、早く羽織を脱いでよ。筆の代わりになるんだから、右手の二の腕あたりがいいかもね」

「えっ、今やるのか？」

おりんは黙ったまま笑みを浮かべて、竹皮に乗せたものを持ち近づいて来た。芳晴は仕方なしに観念して、羽織を脱いで右腕をあらわにする。

「よし、これで仕掛けは整う。明日早朝、カーターは鉄舟の前に必ず姿を現す。二人とも今夜はよく眠り、明日は頼んだぞ」

――くそっ、こんなものを付けられたら、ぐっすりと眠れるはずがない。だが、こうなったらおれも絵師だ。誇りにかけても、明日は邪神を必ず描いてやる。


早朝の興津宿には、霧が出ていた。

本来ならば夜明けと共に旅立つ人も多いはずだが、東海道は静かだった。薄く広がる霧と街道の両側に続く広い松林が、その静けさを助長している。

「昨日の雨と、晴れて冷え込んだせいだな……。あまりひどくなると、鉄舟たちと元締めが見えなくなるんじゃないか？」

芳晴は左手で、羽織の上から右の二の腕を擦った。こんもりとした膨らみと生暖かさを感じるが、腕を動かす分には邪魔にはならない。冷え込みと緊張のせいで体を縮めている芳晴に対して、馬の手綱を引くおりんは胸を張って歩いていた。一ノ矢のために肌の上には詰襟一枚しか着ていないが、寒さなど気にはしていない。

「大丈夫、山の中じゃないから、そんなに濃くはならないはず。それに元締めは、呼子笛《よぶこぶえ》も持っている。合図が見えないほどになれば、音のする方に一気に駆けるのみ——」

「そんなもんかね……。でも元締めは、ひとりで大丈夫なのか?」

興津宿を通り過ぎ、駿府へと急ぐ鉄舟たちに気取られぬように、あとをつける元締めはその半町（五十メートル）ほど後ろを一人で歩いている。芳晴とおりんは、さらにその一町ほど後ろだった。

元締めは、どこかで待ち伏せるカーターが、鉄舟たちに静かに歩み寄るだろうと見立てていた。剛胆な鉄舟が不意に現われたカーターに怪しい気配を感じたとしても、邪気を放たれればひとたまりもないだろう。

元締めが鉄舟の周囲を見張り、カーターの姿を認めれば直ぐに両手を上げて合図する。合図を受けて芳晴とおりんが馬に飛び乗り、一気呵成《いっきかせい》にカーターに近づく筋書きだった。

「元締めはああ見えても、体さばきは武士に負けないほどだし、魔導書の呪文もいくつかは使うことができる。それに、奴に通じるかはわからないけど、ダレスさんがくれた銀の弾丸の連発銃も持っているわ」

芳晴の目に、霧の中で前を歩く元締めの背中が、急に大きく見え始めた。

――どんな事情で邪神と戦おうなんて思ったのかは知らないが、金持ちの商人なのに手下にやらせるだけでなく、自らも先に立つってわけか。おりんが惚れ込むのも、少し分かった気がするが……。

芳晴とおりんは、元締めと鉄舟たちの背を追い、しばらくひたひたと歩き続けた。何かを感じているのか不安げに進む馬の鼻づらを撫でながら、おりんがぽつりと口を開く。

「ねえ、昨日の話だけどさ。内弟子が二人いるって言ってたわよね」

「ああ、あいつらには留守を頼む、と言付けてきた。金子が無くてひもじいだろうが、画塾で筆の修練でもしながら、待ってくれているはずだ」

「ふーん。じゃあやっぱり、あなたはどうしても江戸に帰らなければならないわね」

「いまごろ、何を変なことを……。おまえだって、江戸に親や兄妹はいるんだろう？」

おりんは、あはは、と明るく声を上げると、

「もういないも同然よ。強いて言えば、元締めぐらい……」

芳晴が、びくっと顔を強張《こわば》らせた。しばらくして、かすれた声で、

「元締めが、その……、おまえのいい人ってわけか？」

「馬鹿、違うわよ。元締めは、そんなに器の小さい人じゃないわ」

芳晴の表情が、ほっと緩む。

「それより、もしもだけど、一ノ矢と二ノ矢を仕損じたとしても、狼狽《うろた》えずにしっかりと目を

開いておいてね。邪神が強い魔力を出すためには、まとった人の姿を外さなければならない。あたしの金継ぎの傷は、異世界のあたしたちがくれた思力の塊だから……」

「んっ、どういう意味だ？」

その時、芳晴とおりんの目の前で、風もないのに突然に霧がふおっと渦を巻いた。

はっと見ると、いつの間にか二人の周りだけ霧が濃くなり、元締めの姿が霞んで見えなくなろうとしている。霧はまるで意識を持つように次々と渦を巻き、二人の周りにさらに集まり始めた。

「――これは霧じゃないぞ」

おりんも何かを思い出したように、はっと表情を変えた。

「そう言えば、京でも朝もやが……。しまった！」

おりんの叫びと同時に、ひひんっといなないた馬がどうっと倒れた。

いきなり見えない力に捕えられた芳晴とおりんは、ぐいっと背を引かれるように後ろに飛ばされた。芳晴は松の幹に背中を打ち付け、しばらく息ができない。隣りの松の根元で、おりんが横腹を押さえながらうめく。

「霧で魔導書を探っていたなんて……」

――くそっ、せっかくの仕掛けが、全部水の泡か。カーターは鉄舟より先に、おれたちを片付けるつもりだ。だが街道を包むほどに広く霧を操るなんて、何て力だ。

苦しげに息を吸い込む芳晴の前で、濃い霧がさっと晴れ始め、膝下まである異国の法衣をまとった男の姿が浮かび上がった。頭巾を被った黒ずくめの男は、へその前に両手のひらを重ねて楕円を形作り、静かに立っている。頭巾の下で、赤い目が邪悪な光を放っていた。

――こいつが、カーターか！　くそっ、見えるか！

芳晴は勇気を払って、カーターの顔をじっと見た。頭巾の背後に、何かがゆっくりと蠢《うごめ》く。しかし芳晴の目は、黒い影のようなものを捉えられただけだった。

――駄目だ！　やはりおりんの暴露の呪文が無いと。

逆にカーターの赤い目が芳晴に向けられ、右腕をじっと見つめた。芳晴はとっさに、一の腕を隠すように体をひねる。カーターの目が探るようにさらに芳晴の右腕を追い、わずかな時間だったが、注視するカーターに隙が生じた。

おりんは、すでに軍服を脱ぎ捨てていた。同時に、早口で呪文を唱え始めている。カーターは、はっとおりんの方を向いたが、おりんの肌から放たれた一ノ矢の呪力に捉えられ動きが止まった。

――良しっ、やれる！

芳晴がそう感じた瞬間、しかし消えかけていた霧がまたさっと渦を作り、おりんの胸と背中に巻きついた。濃い霧の渦が、ぬめぬめととぐろを巻くようにおりんの肌を濡らし、墨の呪文を拭《ぬぐ》うようにかき消していく。

呆然とした芳晴とおりんの喉が、見えない力でぐいっと締め付けられた。必死に口を動かし呪文を唱えるおりんだったが、その声がすぐにかすれて、やがて途絶えた。息ができない芳晴の目の前が暗くなり始め、松林の中にカーターの姿が薄れていく。

――くそっ、奴が一枚上手だった。……もう駄目か。

江戸の弟子たちの顔が浮かんだ時、バンッと銃声が響いた。

喉を絞められる力が急に抜け、芳晴はあえぐように息を吸い込む。おりんが、元締め……、とかすかな声を上げた。

倒れた馬のいななきを聞きつけて、元締めは駆け戻って来ていた。

放たれた銀の弾丸がカーターの頬を貫き、頭の後ろから飛び散った赤黒い血が頭巾をはじいている。金髪の痩せた顔が、あからさまになっていた。しかしカーターは頬に穴を開けたまま、元締めにきっと視線を放った。元締めの手から連発銃が弾け飛び、その体がぴたりと動きを止める。わずかに動く元締めの顔に、苦悶の表情が浮かんだ。

カーターは元締めを捉えたまま、再び芳晴とおりんの方を向いた。

今度は右手を大きく広げて斜め頭上に構え、左手は同様に少し下に構えている。両手の平がかっと広げられ、指先は鷹の爪のように鋭く曲げられていた。

「この構え、京の時の……」

おりんが震える声を上げる。二人を同時に、魔導書ごと引き裂く構えだった。

「おりん。もう一度、呪文を！」

「駄目、間に合わない！　唱え始めたら、奴は一瞬であたしたちを引き裂く」

二人は、蛇に睨まれた蛙のように動けなかった。カーターは得物を狙う鷹のように両腕を広げ、ゆっくりと楽しむように近づいて来る。

芳晴の二の腕の魔導書も、何も動かずに沈黙していた。

――ちくしょう、こいつも役に立たないのか！

その時おりんが、ふと笑みを浮かべた。カーターを見据えたまま、芳晴につぶやく。

「もう、これしかないわ。ねえ師匠、後は頼んだわよ。少しの間だったけど楽しかった」

「――？」

芳晴が考える間もなく、おりんはカーター目がけて跳躍していた。

全身の金継ぎの傷跡が思力によって輝き、幾本もの細い金の糸がカーター目がけて放たれた。きらめく糸に貫かれ驚きの表情を浮かべたカーターだったが、口をかっと開いて不気味に叫ぶと、両腕を一気に振り下ろす。ぶおんっ、と低い音がうなりを上げ、周囲の松林全体が揺れ動いた。

ばすっ！　へその辺りから体を上下に裂かれたおりんの姿が、芳晴の目に影絵のように映る。

一瞬の後、その影絵が世界から切り取られたように、ふいに消え去った。

おりん！　芳晴は叫んで、必死におりんの幻影を探す。

「何をしている！　見ろ！」

力を振り絞った元締めの声が響き、芳晴は、はっとカーターの方を見た。カーターの姿は消え、松林の中に何か不気味な影が現われていた。

——これは、何だ……。

邪神はそのおぞましい姿を、万華鏡のように次々と変えていた。

乱杭歯《らんぐいば》の口を無数に開いた腐肉の塊、ぬめった棘の先に百余りもの血走った目を開く生き物、尖った爪のやせ細った手を幹から生やす病んだ大木《たいぼく》……。同時に耳に響いた寒々とした異国の笛の旋律に、芳晴は震え上がった。

——駄目だ。絵にできない！

それはまた、とてつもなく巨大に思われた。闇に潜むのではなく、逆におぞましい闇がこの世界すべてを包もうとしているようだ。芳晴の心が、絶望にとらわれかける。

しかしおぞましい姿の連鎖の中に、黄金の糸がきらりと光るのが見えた時、芳晴の心が狂おしく弾けた。

——おりん！　こいつに取り込まれたのか！　ちくしょう、何がさとりの絵師だ。絵にして見せろ！

自身を鞭打った芳晴の脳裏に、おぞましきもの全てを混ぜ合わせた塵《ごみ》の山のような姿が、はっと浮かび上がった。小山のような塊の中で各々が無軌道に蠢き、隣のものと喰らい合い腐液を流している。それが果てしない闇を思わせる夜空に浮かび、笛の音に合わせてのたうっていた。

——混沌が、彷徨《さまよ》っている……。

芳晴の二の腕で、魔導書がびくびくっと震えた。腕がかっと熱くなり、白い光が羽織を突き抜けカーターに向けて放たれる。

「良し！」

叫んだ元締めが、縛りの解けた手をさっと眼前に組み、自らも呪文を唱え始める。

しかし芳晴の目に、その姿は映っていなかった。心の中の美濃紙に、白い光の束がおぞましき塊をばらばらに引き裂く絵が、次々と描き出されていく。だがしかし、細かく千切れ闇に消えるおぞましきものたちに混じり、黄金の糸も一筋、闇の中へときらめきながら散っていった。

おりん！　芳晴は、力の限りに叫ぶ。何かを掴もうとした手が空しく宙を握ると、全ての景色が消え去っていった。


ぶるっと身を震わせて、芳晴は松の根元からゆっくりと身を起こした。松林には、もう高く昇った日が差している。しばし呆然としていた芳晴だったが、体にかけられていた詰襟の上着に、はっと我に返った。脇の地面には、いつ外されたのか生きた魔導書が置かれ、まだわずかにぬくもりを放っている。

「気が付いたか。良くやった。カーターは、邪神は払われたぞ」

松の根にどしりと胡坐《あぐら》をかいた元締が、すぐ隣りにいた。

「鉄舟たちは、もう駿府まで進んでいることだろう。馬や鉄砲の音には気付いただろうが、おそらくは逆に足を早め立ち去ったはず」

「……おりんは？」

まだ放心したままの芳晴が、つぶやいた。元締めは、目を閉じて天を仰ぐ。

「――わからぬ。とっさに憶えた復活の呪文を唱えてみたが、わしでは力が及ばなかったようだ……」

「並んだ異世界とやらに、散ってしまったのか……」

元締めは何も答えず、詰襟の胸の部分に涙がぽたりと落ちた。

――馬鹿野郎、一人で格好つけやがって。おれはおまえの目じゃなかったのか……。

芳晴はおりんの脱いだ詰襟を、いつまでも握りしめていた。


――阿観無《アーカム》商会、ここか。えらく変わった名前だな。

廃藩置県によって江戸から名を変えた東京府の築地には、外国との貿易商社が多く集まっている。そのとある洋館の前で、芳晴はつぶやいた。

建物に入り用件を告げると、洋服姿の娘が二階の書斎まで案内してくれ、茶褐色の大きな扉がぎいっーと開かれた。

「元締め！」

大きな机の向こうで立派な皮椅子に座った元締めは、しかし芳晴を見てもさして驚かなかった。

「元気そうだな。絵師として羽振りが良くなったというのは聞いていたが……」

――ちぇっ、十年振りだと言うのに別段驚きもせずか。

あの後、山岡鉄舟が西郷との密議を成功させたおかげで、江戸は無血開城され人々は大きな災厄から逃れることができた。しかしその後も戊辰《ぼしん》、函館と小さな戦いは続き、前年の西南戦争を経て、明治の世はようやく落ち着きを見せようとしていた。

芳晴自身は、元締めから得た金子を元に浮世絵稼業に集中し、武者絵や妖怪絵を得意とする気鋭の浮世絵師として名を上げていた。一門の内弟子も、八名にまでなっている。とは言え、文明開化で浮世絵稼業の先は見えにくく、やはり一門をやり繰りするだけで精一杯だ。興津宿での出来事は、おりんの記憶と共に深く心の隅に封じてあった。

元締めの態度に拍子抜けした芳晴だったが、気を取り直して張りのある声を出す。

「元締め、驚くなよ。邪神が居た。横浜駅のそばで、でっぷり太った外国人とすれ違った時に感じたんだ」

元締めは、ほうっと軽く頷いただけで、芳晴はまたも肩をすかされる。

「邪神が、見えたというのか？」

「いや、もちろん見えたわけじゃないが、ピンときたんだ。駿府でおれは邪神に触れている、間違いないぜ」

「わかった。まあ、そう意気込まずに座ってくれ。いま、英国の紅茶を入れさせている」

――邪神と聞いても驚きもしないのか？　日本を守るなんて自分が意気込んでいたくせに……。そうか、もうダレスとは縁が切れて邪神に興味はないってわけか。

芳晴は、迷った挙句に場所まで調べてやって来た事を悔やんだ。勧められた椅子には座らず、悲しげな表情で元締めを見やる。

「わかった。もう、ただの貿易商の元締めに戻ったわけだな。邪神を感じた後、やたらとおりんの顔が頭に浮かんでくるので来させてもらったが、もう用はない。上等の紅茶は、自分で飲みな」

「相変わらずだな。実は、いつかおまえが来ると言われていた。だが、これほど早いとは思っていなかった……」

初めて表情を崩した元締めに、はあっ、と芳晴は眉根を寄せる。

「おれが、ここに来るって一体誰が……」

「ほら、元締め。あたしの言ったとおりでしょ」

はっと振り向いた芳晴の目の前に、いつ部屋に入ったのか、手にした盆にティーポットとカップを乗せた娘が立っていた。紅茶のふくよかな香りが、やさしく鼻孔をくすぐる。

金継ぎの傷跡が消えたその顔立ちは、やはり美しかった。つぶらな黒い瞳とおかっぱの黒髪が金継ぎに負けない輝きを放ち、唇や肌の張りも記憶にある十年前の姿そのままだった。

「少し貫禄がついて男をあげたわね、絵描きの師匠」

呆然とした芳晴に、おりんが微笑みかける。背中から、元締めが含み笑いで、

「ひと月前に突然現われて、わしも驚いた。どうやら、わしの復活の呪文は届いていたようだ」

「一番驚いたのは、あたしよ。カーターに引き裂かれた後、あたしは金の糸に導かれて、また幾つもの異世界を通り抜けた。ひとつを通るたびに金の糸は段々と消えていき、最後にこの世界に戻って来れた。あたしの感覚では、すべてがほんの一刻ほどだったのに、十年も経っているなんてさ……。興津の松林の中で気が付いた時も、最初は別の世界かと思った。徳川幕府は無くなっているし、江戸じゃなく東京府に帰ってくるのも大変だったんだから」

芳晴の頬に、みるみると赤みが差していく。

「金継ぎの思力を皆に返して、戻って来れたわけか？　浦島太郎になって……」

「馬鹿ねえ、玉手箱で白髪になった訳じゃないわ。あれからの明治の出来事も元締めに教えてもらったし、あなたともまた一緒に働ける。でしょ、元締め」

おりんは芳晴の肩越しに、元締めの顔をのぞきこんだ。

「そうだな。一門も大きくなったようだし、それなりの金子は出そう。洋画や新聞のせいで絵師稼業も大変だろうからな」

芳晴はまたくるりと振り返り、元締めを睨んだ。

「ちょ、ちょっと待ってくれ。何の話だ？」

「おまえが感じたのは、また新たに異国からやって来た邪神か眷属どもだろう。わしは駿府の後もずっとダレスと連絡を取り、邪神たちと戦い続けてきた。だが、奴らは次々と日本へとやってくる。わしの手駒となり邪神と戦ってくれる人間は、なかなかに見つけ難く手が足りんのだ。幸いにも、おりんが戻って来てくれた。状況を話すと、おまえがきっと現われるはずだと——」

「ねえ、師匠。あたしの眼力は、失われたままなの。絵描き稼業の合間でもいい、あなたの目を貸して欲しい……。あたしが通った異世界のひとつでは、日本の国のほとんどが日の光を放つ爆弾で焼け野原になっていた。この世界をそうさせてはいけない」

芳晴の背に、おりんの頼るような声が響く。

目の前の元締めは、静かな眼差しで口を開いた。

「邪神たちは、これから日本を世界に巻き込んで、さらに混沌を呼ぼうとしている。おりんの見た並んだ異世界のように、奴らとの戦いは何百年いや千年も続くかもしれない。それでも、わしらは戦い続けねばならぬ」

――この世界が焼け野原になれば、たしかに絵師稼業や弟子たちの先も立ち行かなくなってしまう。おりんは異世界を旅して、何百年も生きたのと同じぐらいのものを見てきたってわけか……。金継ぎならぬ八百比丘尼《やおびくに》の娘、絵心が弾むぜ。

芳晴は、ゆっくりと息を吸い込み、ふうっと吐き出した。

「おりん、わかったよ。でも元締め、金子は弾んでもらうぜ」

# インスマス行きのバス

新熊　昇

取り崩せる貯金が底をつきかけてきたので働きに出ることにした。地元の新聞の求人欄を見ていると、奇妙な募集を見かけた。

「急募。路線バスの運転手。普通免許のみで可。大型免許と客を乗せるための免許は追々取得可能」

（何だこれは。大丈夫か。客を乗せるのだぞ）と思った。続きを読んで納得した。

「アーカムとインスマスを結ぶ路線。一日一往復。昼間」

インスマスとは、いわゆる少し変わった人人の住むところだ。インスマス自体は、昔、メイフラワー号のころからあったらしい鄙《ひな》びた漁村、漁師町だ。給料は悪くなかったので、ダメもとで応募してみることにした。面接のためアーカムのバス・ターミナルを訪れた俺は、インスマス行きが発着する標識を探してみた。「キングスポート行き」「セーラム行き」「市内循環・ミスカトニック大学方面行き」の乗り場には大勢の学生や教職員たちが並んでいて、次次にやってくるバスに乗り込んでいた。「インスマス行き」の標識もあるはずだったが、どこにもなかった。乗り場案内図の看板にも記されていなかった。

（これから作るのか。いや、そんなはずはない。昔からあったはずだ）

あたりを見渡すと、「インスマス行き」というバスがやってきた。

（あれだ）

バスはターミナルの端のほう、標識も何も立っていない歩道に沿うように止まった。そこにはこころもち背中を曲げ、襟を立てた数人が待っていて、静かに乗り込んだ。バスは発車して、北のほうへ向かって行った。面接を受けると、一言二言交わしただけですんなり採用された。

（雇われてもすぐに辞めてしまう運転手が多いのだろうか）

こちらから質問する隙もなかった。

「では早速明日から。朝の九時にここを出ます」

「あの、地図は」

「大丈夫です。道なりです」

「しかし停留所は」

「それも大丈夫です。途中で乗ってくる客も、降りる客もおそらくいません。事実上のシャトル・バスです」

（まあいいか。もし何かあったらすぐに辞めたらいいだけのことだ）

気楽な気持ちで翌朝、一時間前に出社した。「制服に着替えろ」とも「出勤簿を付けろ」とも何も言われなかった。全てが奇妙だった。バスを運転するのは子供の頃からの夢だった。大きな車を運転するのは気分がいい。車高も高いし、視野も広く、何か偉くなった気分になれる。最初の客は数人だった。インスマスの住人は皆ちょっとした特徴、魚っぽい顔をしていると言われていたが、意識して見ていないと気が付かなかった。

乗客の乗り降りもなく、道路はほぼまっすぐで、初めてでもどこも難しいところはなかった。ちょうど半分くらい走ったところで、運転席の真後ろに座った中近東ふうの、肌の浅黒いフードをかぶった少年が話しかけてきた。バスはすいていたのに、なぜ運転席の真後ろに座ったのか、気にしていたところだった。

「おじさん、新入りだね」

「きょうからだよ」

「割りのいいアルバイトだし、辞めたほうがいいとは言わないけれど、気をつけなよ」

(なんだこいつは。新規募集していたのはこいつのせいか)

「一体何を」

「具体的にどうこうということはないんだけれど」

「そうかい。有難う」

バスは予定の時刻にインスマスの町に到着した。中央広場からさらに少し進み、小さな渓谷を渡ったところにある半円形の広場沿いに乗り入れた。どうやらこのあたりが町の中心らしい。無事に停留所になっているギルマン亭というレストラン兼宿屋の前に駐車した。

会社が予《あらかじ》め頼んでくれていた日替わりの定食は魚料理がメインで美味しかった。折り返しの発車時刻まで間があったので、周辺を少し散歩することにした。

小さな漁船が何隻かあって、網や漁具などが干してあるだけの何もないところだ。何度かオンボロの自家用車で来たことはあったものの、通り過ぎただけだった。浜辺を歩くと少し沖合のほうに何十人かが釣りが出来そうな岩礁があった。通称「悪魔の岩礁」と呼ばれているらしい。あちこちによくある「獅子岩」や「ドラゴン・ロック」のように何かの生き物に似ているような感じがする。釣りについては実際には波が荒いのでボートで近づくのは難しそうだが。それ以外に変わったものはない。昔、どういうわけか、潜水艦から魚雷で攻撃を受けたことがあると言う。おそらく麻薬か密輸品の取引の足場か目印にでもなっていたのだろう。


帰りも無事にアーカムのバス・ターミナルに到着した。俺は少年がバスを降りて、どの方向に向かうのか確かめようとしたものの、少年の姿はいつの間にか人混みに紛れて消え去っていた。退勤しようとすると、事務の係が「給料」と書かれた封筒を黙って渡した。

中身を確かめると、約束の額よりもやや多めの金額の紙幣が入っていた。

（普通にみんなと同じような週給じゃあないのか）

問い正そうとすると、係の者は消えていた。何もかも不可解なことばかりだった。

翌朝も決められた時間に出勤した。同僚との会話はあいさつ程度だ。乗客との受け答えも少なかった。何かコツでもあるのだろうか、他の路線を担当している運転士は、もっと気さくに乗客と天気やスポーツの結果についてやりとりをしている感じだった。無理に話しかけてもぎこちないものになり、お互い急いでいることもあり、続かなかった。


運転は楽しかった。対向車も、追い抜いて行く車も滅多にない。

(このあたりの住民は、一体どのようにして日用品を補充しているのだろうか)と思うくらいだった。(おそらく食料品、野菜などは自給自足なのだろう)

ちょうど疲れてくるくらいの距離のところが終点のインスマスだった。ギルマン亭での昼食は、きのうに続いて魚料理だったが、味付けなどは変えてあって飽きることはなかった。おそらく、ムニエルのような焼き魚、フライ、煮魚のシチュー、すり身の何かといった感じでローテーションしているのだろう。

「非番の日に、泊まるかもしれない。下見していいかな?」

俺は思い切って、オーナー兼料理人らしい親父に話しかけてみた。

「何もないところですよ」

少し魚めいた感じの顔の愛想の悪い親父がぶっきらぼうに答えた。

「……どうぞご自由に」

俺はミシッミシッと音のする階段をあがった。部屋は三つ四つあった。そのうちの一つのノヴを回してみた。鍵はかかっていなかった。ベッドと机と椅子、何の変哲もない、田舎の安宿だ。窓から覗いて見ると、半円形の広場と家並みと、バスが見えた。親父が言った通り、すぐに飽きた。廊下に戻ると、突き当りに物置部屋があった。誰が見てもリネンなどをしまっておくだけのただの物置部屋だ。だがしかし、立ち去りかけた俺はなぜか無性に開けて中を見たくなった。普段はそんなことはないのに、この時はどういったわけか、妙な好奇心に駆られた。廊下側にある明り取りの曇りガラスの小窓がキラッと光ったせいかもしれなかった。何かに呼び止められた気さえした。鍵穴があり、鍵も掛っていた様子だったが、老朽化して壊れていた。そこは物置部屋ではなく、もともとは満室になってしまったときにもう一部屋として使えるところだった。空間一体にひどく蜘蛛の巣が張っていて、だいたい取り除くのに時間がかかった。ただし、ベッドや机はなく、代わりに大きなテーブルがあり、船の模型や航海日誌らしい黴臭《かびくさ》いノート、地図や海図、南の島の吹き矢やサヌカイトや黒曜石のナイフといった道具、原始的な釣り竿や釣り針が飾ってあった。日誌のような小難しそうなものには興味がなかった。ドレス・メーキング用の素体のマネキンは原住民の衣装を着ていた。廊下側の曇りガラスを光らせていたのは、マネキンがかぶっていた奇妙な形に歪んだ王冠らしきものが反射させていた光だった。円形ではなく、楕円形をしていて、幾何学模様や、波や海を表している模様が刻まれている。グロテスクな深海魚、もしくは古代の両生類を思わせる浮き彫りもある。縦にかぶるのか横にかぶるのかは分からない。きのう海岸で眺めた悪魔の岩礁の、紙粘土で作ったジオラマの模型もあった。岩礁はもとより、対岸の砂浜や林も忠実に再現されている。王冠に描かれていた不気味な生き物たちを象った、チェスかゲームの駒のような多くのミニチュアが仕切りのついたいくつかのボール箱に入れられて飾られていた。

（これは一体）

「インスマスのミニ博物館にしようと、誰かが集めたものだよ」

びっくりして振り向くと、きのうの往復一緒だった中近東風の少年が腕組みをして立っていた。

（きょうの往路便には乗っていなかった。どんな方法で来たのだろう。ヒッチハイクでもしてきたのだろうか）

「博物館って」

「おじさん、悪いことは言わないから、このインスマスの町には興味を持たないほうがいいよ。それとここに置いてあるものは触らないほうがいい」

「どうして。せっかくこうして昼休みの休憩だって長くとってもらっているのに」

「楽しみはアーカムの街で見つけるようにして、バスの運転だけしておくほうが良いと思うよ」

「だからどうして」

「アトランチック・シティと同じ理由でだよ」

「お金がないからアトランチック・シティには行けないし、興味だって持たないよ」

「お金よりももっと大切なものを失くすことになるかもしれないからさ」

そう言うと少年の姿は一瞬のあいだにかき消すようにして消えた。さすがに少し気味悪くなって、その場を後にした。

バスに戻り（この近くにはラジオの放送局はないのだろうか）と、チューナーをいじってみた。放送局はなく、代わりに中世の聖歌を思わせる唱謡のような、詠唱のような単調なメロディを拾った。『ルルイエ』とか『クトゥルー』『いあ！　いあ！』など、初めて聴く言葉の羅列だった。慌てて元の、アーカムの放送局にチューニングを戻した。アーカムへの復路を運転した俺は、日当を貰ってアパートに帰った。なぜ自分だけが日払いなのか、それも最初の取り決めより二割も割り増しされているのか、いろんな謎はさらに深まった。

翌日は非番だったので、俺はアーカムの図書館に行ってインスマスのことを調べた。近隣の町なので多くの資料や本があるかもしれないと思って期待したのだが、裏切られた。薄っぺらいパンフレットのような本が数冊だけ。近隣全体を紹介している分厚い本や地図にも、なぜかインスマスにページを割いているものはほとんどなかった。

町は一六四三年に建設されたことになっている。最初は漁業や、ボストンの小判鮫のような港として中国やインドなどの貿易の中継地としてそこそこ栄えた。北岸に元は高級住宅地だった廃墟が残っている。一八一二年にスペインとの戦争が勃発《ぼっぱつ》して不景気になると、悪徳商人オーベッド船長がマニューゼット川に作った水車を動力とする金の精錬所を設立・経営した。資金はポリネシアの島民にガラス玉を法外な値段で売りつけ黄金と交換して工面したのだ。川の上流北岸に手工業がメインの産業となった。ところが一八四六年に起きた謎の伝染病により一夜にして住民の半数以上が急死したと言われている。その後、南北戦争や乱獲による漁場の荒廃なども重なり一九二〇年までには見る影もなく衰退した。

かつては鉄道も走っていたが、現在は廃線になっている。いまはバスと車だけが頼りだ。白人の入植直後から、バプテスト教会やフリーメイソンなどの影響があったものの、一八四〇年にオーベッド・マーシュ船長がカナカイ族の首長ワラキーから教わったダゴン秘密教団というカルト宗教団体が勢力を広げ、元のフリーメイソンの会館「緑の新教会」を乗っ取るようにして使用していた。教団を主宰するオーベッド船長の家と彼の部下で幹部の船員だったウェイト家、ギルマン家、エリオット家などが権力を握った時期もあった。

一九二七年に米国政府による「密造酒の取り締まり」とされる住民一斉検挙が海軍とＦＢＩの共同作戦で行われた。荒廃はいっそう進み、現在ではほぼゴーストタウン化していると言っても過言ではない。この一斉検挙の際に沖の悪魔の岩礁に向かって海軍の潜水艦から魚雷が打ち込まれたとされている。

と、ひそかに、昔は、あくまで昔は、この町の人たちは、青白い蛙に似た独特の容貌を持ち、周辺の住民から忌み嫌われていたと言う。これを昔は、くどいようだが昔は「インスマス面《づら》」と言った。顔以外にも目が大きくまばたきが少ない、ガニ股、蛙みたいに跳ねるように歩く姿などが特徴だとされた。近隣のアーカムを含め訪れる者は、もとより数少ない。またインスマスを訪れ行方不明となる商人や役人がいまでもたまにいる。けれど、近年の人権意識の高まりから、そのことに触れた本やマスコミの記事は少しずつ減り、封印され、大っぴらに語られることは次第にタブーとなった。書物の類は閉架庫に移されて、閲覧と貸出はできなくなった。結論を言うと、これ以上の歴史について語られた印刷物は、どこにもない。と言うか無くなっていた。行方不明者は、ニューヨークなどのほうが遥かに多い。カルト宗教は、世界中に根を張っているものがあり、新しいものも後を絶たない。容貌などについては言わずもがな。

ついでにと言っては何だが、王冠に刻まれていた不気味な生き物についても調べてみた。本や図鑑といったものは無いに等しいというか、無かったものの僅かに「ダゴン秘密教団」に触れた文献の中の図版に、彼らが崇めているとされるクトゥルーやハスター、イスの古き種族やショゴスやミ＝ゴといった架空の神話生物の絵があり、似ているといって差し支えなかった。

（あの少年の言う通り、今ではインスマスに興味を持たないことが健全で善良な市民なのかもしれない）と思えてきた。

バス運転手の仕事も気に入っていた。何より都会のそれのように神経をすり減らすことは少ない。「田舎のバスの運転手」というのは静かに人気のある職業だという話も聞いたことがある。

（担当路線を変更されたり、リストラされるまでは、アーカムで何か別の楽しみを見つけて暮らすのが無難というものかもしれない。無用なトラブルに巻き込まれたくなければ）

翌日はシフトが入っていて、インスマスまで一往復した。いつものようにギルマン亭で昼食をとり、亭主に断ってミニ博物館部屋を見学した。亭主は不気味なくらい返事をしなかった。きのうアーカムの図書館で仕入れた断片的な知識と照らし合わせてみると、どれもこれも興味深いものばかりで、好奇心は増し、もっと詳しいことが知りたくなるばかりだった。

『マーシュ船長は、何か、おそらくは偶然のきっかけでカナカイ族の首長ワラキーが語った、現地のダゴン秘密教にすっかり魅入られて、故郷であるここインスマスで布教を始めた。ダゴンの教えは、マーシュ船長も意外に思うくらいインスマスの町の人人に広まった。既存のバプテスト教会やフリーメイソンを押しのけて。俺はふと、いまもアメリカの深南部に残っているというブードゥー教やサンテリア教のことを思い出した。そして例の民族衣装と冠をかぶっているマネキンの前で立ち止まった。俺は他のどの展示物にも増して、衣装と冠に惹きつけられた。蓑《みの》と椰子《やし》の葉でできている衣装は、南の島の原住民のものとして特別に変わったところはない。するとやはり、ポイントは冠にある。俺は冠をマネキンの頭から取り外してかぶってみたくなった。

（おそらくオーベッド・マーシュ船長もかぶってみたことだろう）

恐る恐る両手を伸ばして触れると、高圧電流のようなものが指先から全身に走った。

そっと持ち上げるとそれなりの重さがあったが、銅や銀、錫《すず》などとは違った変わった合金で出来ているような感触だった。水の流れる文様がさらさらと揺れ動いているように見えた。縦位置、横位置どちらでもしっくりとくる。と、次の瞬間、頭がくらくらとした。

くらくら……　ゆらゆら……

だが幸い、それはすぐに収まった。

バスが真下に見えている窓ガラスを鏡の代わりに写してみると我ながら似合っていた。

見慣れたバスの運転手の風貌はどこかへ去り、代わりにパルプ・マガジンやコミックの表紙に描かれているヒーローの顔がそこにはあった。冠もまた、本来の持ち主の頭上に戻って本来の威厳を取り戻したかのように見えた。

と、映画の回想シーン、フラッシュ・バックのように、いくつかの光景が脳裏を駆け巡った。

『ひれ伏し、呪文を唱えて、海岸から彼らの異形の神神を召喚する首長のワラキーに率いられた群衆』『神神が待つ沖合を目指して、列を成して入水して行く原住民の人人』

『拳銃でワラキー首長を射殺して、財宝と冠を奪うマーシュ船長』

記憶はフィルムが切れた映画のようにすぐに途切れたものの、俺はもうかつての俺ではなくなっているような気がした。何かとても大切なやるべきこと、使命があるような思いが沸沸《ふつふつ》と湧きあがってきた。とてつもなく大きな使命が……。

(やらなければ……　それが何かは分からないがやり遂げなければ！　何がなんでも！)

いまもアーカムへ戻る客たちがギルマン亭の店内や、カフェテラスで待っている。アーカムに戻ってもこの仕事を辞める訳には行かない。これらの禁断の知識を得ることができたのは、バスの運転手として採用され、このインスマス路線を担当したお蔭なのだ。一人でオンボロ自動車を運転してアーカムとインスマスを何度も往復すると、まずガソリン代が続かないことだろう。


帰りのバスを運転していたら、例の少年が険しい声で話しかけてきた。

「おじさん、一体何をしでかしたの？」

「何って？」

「今朝とはオーラの形がすっかり変わってるんだよ。色は感情や体調で変わるけど、形は滅多と変わるもんじゃない。千切った葉っぱのキルリアン写真みたいにね」

「キル……なんだって？」

「ああ、オーラはこの世界で表向きは認められてはいないんだったよね。キルリアン写真のことは忘れてくれていいよ。ただ、おじさんのオーラが頭から空に伸びて木の枝みたいに無数の分岐点になってるんだ。いくつもの世界線に干渉するようにね」

「一体何のことを言ってるんだ？」

「分からないだろうけど、とにかくアレは間違いなく危険な物だよ。もう絶対に触れないほうがいい」

　少年の切迫した声から危機感だけは伝わってきた。

　次の非番の日、待ちかねるようにしてアーカムの図書館に赴《おもむ》いたが、なぜかインスマスに関する本や資料は、まるで何者かが慌ててそうしたかのように開架から閉架に移されていた。そこで、面倒な手続きを踏んで、ミスカトニック大学の図書館を訪れたが、インスマスに関する本や資料はなぜか肝心と思われるものほど、少なくとも一市民の目には触れない、手の届かない場所にあった。

　まるで、西部開拓時代の先住民迫害の歴史のように、蒸し返して調べられるのを嫌がる人人がいまなお隠然として存在している感じさえ受けた。

アーカムとインスマスを往復するようになって数日が過ぎた。これといった縁が生じるきっかけがないせいか、バスの乗客やインスマスの住民と長話をするきっかけはまだなかった。もっとも、アーカムのアパートの隣人や職場の同僚と親しく話す機会も、思い出す限りなかったから、自分から求めない限りそうはならないものかもしれなかった。

(まず趣味をみつけなければ)

初めて痛切に意識した。いま一番興味があることはインスマスの歴史だった。生まれて初めて(知りたい。それも人が知らないようなことを含めて)と思った。唯一可能性がありそうなのは、時時運転席の真後ろの席に座っている肌の浅黒い少年だった。ギルマン亭のミニ博物館でも会った。アーカムのバス・ターミナルやギルマン亭前の停留所では見かけたことはない。そこで俺は、バックミラーの隅に彼が映っているときに、規則違反を承知で話しかけてみた。

「インスマスに通っているみたいだけれど、用事か何かがあるのかい」

「おじさんと一緒さ。インスマスにちょっと興味があるからさ」

「失礼だけど、きみみたいな外国人が、インスマスのどこに興味を」

「それもおじさんと一緒さ。インスマスの、どこか秘密めいた、魔術めいたところにとても惹かれるのさ」

「魔術めいたものだったら、セーラムの魔女狩りの歴史のほうが有名だと思うけれど」

「そっちも、とてもそそられはするけれど、それにも増して、恐竜よりも、カンブリアやバージェスから発掘された奇妙な古代の生物たちよりもまだ古い、地球ができたばかりの時に宇宙からやってきた生き物たちや、神のような力を持った存在のほうをより知りたいと思うからさ」

「へえ。そんなものたちがいるのかい」

「教室では習わないし、学校の教科書には載っていないことだよ。だからこそとても知りたいと思うんだ」

車窓には退屈で陰鬱なニューイングランドの風景が流れている。数少ないバスのほかの乗客たちは眠っているか、うつろな目で虚空を眺めている。市街地の路線のように新聞や本を読んでいる者はいない。

「それよりもおじさん、気を付けたほうがいいよ。インスマスの歴史は、とても一般の人が関わっていいことではないんだ」

「随分と偉そうなことを言うんだな。学者とかでない、バスの運転手は研究してはいけないことなのか」

「そうじゃない。おじさんがインスマスに惹かれるのは、多分おそらくおじさんの先祖にインスマス出身の人がいて、その血が騒ぐせいだからだと思うけれど、にしても、普通に暮らして行こうと思うのなら、あまり深く関わろうとするのは良くないんだよ。それはセーラムの魔女についても同じだろ」

（確かに。もしも良く分からないうちに呪文のようなものを唱えて、万が一何か起きてしまったりしたら……）

バスはいつものようにギルマン亭前に到着した。

ギルマンの親父が作る魚料理も変わらず美味しい。インスマスに引っ越そうかな、という考えが頭をよぎるくらいだ。

（引っ越すんだ！　ここの住民になるんだ！　『このインスマス』の者に！）

もっともそれは難しい。現在の仕事が「朝アーカムを出発して、昼にインスマスに到着し、休憩のあとアーカムに引き返すバス路線の運転手」だからだ。

気が付くと俺は呼び寄せられるかのように再び二階の奥の部屋のミニ博物館を訪れていた。

展示物の数数と再会するたびに、それらはますます輝き、由緒から生じる栄光のオーラに包まれ、波動は刻一刻増し続けているように感じられた。特にマネキンの、ワラキー首長がかぶっていたと思われる波や不可解な生き物たちの浮彫《うきぼり》の付いた、楕円の、ややいびつな感じの合金の冠は通り過ぎようとするたびに何故かかぶってみたい衝動が襲い掛かってきて、かぶらずにはいられなかった。まるで自分のお気に入りの帽子さながらに。

『もう絶対に触れないほうがいい』

あの少年の忠告が蘇ったが、誘惑のほうがはるかに勝った。

またあのくらくら、ゆらゆら……

するとその度ごとに、ポリネシアの風景や、刻まれている不気味な生き物たちが実際に動き回る様子や、それらを崇め奉り生贄を捧げる現地の信者たちの様子が、良くできた特撮映画さながら網膜に映し出されるのだった。映像の一部に、恐竜のような、大きな爬虫類のような、ダイオウイカのような脚のたくさんある生き物が悠悠と移動している様子があった。

（どこかで見たことがあるような）マネキンのすぐ近くにある例の岩礁の模型だ。この生き物がもし噴火した火山の溶岩を浴びてそのまま石化したなら、あの岩礁のようになるのではないか、と考えを馳せてもまったくあり得ない飛躍ではないような気がした。俺は傍《かたわ》らの箱に入っている異形の怪物たちの駒を一つ、また一つと摘まみ上げて岩礁の岩や波頭の上に置いて並べていった。何故と問われても上手く答えることができなかったが、そうしてみたい衝動につき動かされたのだ。小さな異形たちの入った箱は、じきに底が見えるようになった。代わりに岩礁の模型は、ずいぶんと賑やかになった。岩の上に乗るもの、しがみつくように見えるもの、波間を泳ぐものなど、怪物たちもとても楽しそうに見えた。それこそ水を得た魚のように。気が付くと時間はあっと言う間にたっていて、帰り便の支度をしなければならない時刻になっていた。

（しまった。もう駒を元に戻している時間がないぞ。まあいいか、このままでも。別に不自然

ではないし、明日の昼休みにきちんとしまうことにしよう）

階段の踊り場のところでまたあの少年とすれちがった。

「『これ以上、あまり関わらないほうがいい』って言ったよね『ここにあるものに触ってはいけない』とも」

「ああ。でもこのくらいはいいだろう。ここは誰かが作った小さな博物館で、博物館はみんなが見るためのものだし、ギルマンの親父に何か言われたこともない。観覧料を請求されたこともなければ、『勝手に入るな、見るな、触るな』といった注意書きのようなものもどこにもないぞ」

「そういう問題じゃあないんだ。おじさんがいまやっていることは、カジノのスロットマシーンに次から次へとコインを入れているようなものなんだ。精神的にね」

「お金を注ぎ込んでいるわけじゃあないんだから、大丈夫さ」

俺がバスに急ごうとすると、ギルマンの親父に一階の店内で呼び止められた。こんな時に限って。

「あの、観光バスを頼むといくらくらいかかるものなのだろうか」

地方訛《なま》りなのだろうか、たどたどしい話し方だった。話しかけられるのは初めてだった。

「観光バスのことなら、アーカムの営業所の観光バスの係に電話してくださいね」

俺は奇異に思った。インスマスの人たちがいったいどこに観光に行こうというのだろう。ボストンなどなら泊りがけになり、一泊や二泊程度では数多い名所旧跡は回り切れない。

「そうではない。儂はあんたに頼んでいるんだ。あんたがいつもアーカムとここを往復しているあのバスで、ちょっと連れて行って欲しいところがあるのじゃ」

ギルマンは店の前に止めてあるバスを指さした。

「そういうのは会社の規則で禁止されています。あのバスは俺のじゃなくて、会社のバスなので」

「そうか。すぐ近くなんじゃが、この休み時間に。もちろん礼金は払う。ガソリン代も」

「いや、だめです」

「そうか、残念じゃ。まあ考えておいてくれ。もし気が変わったら」

「一つ訊いてもいいかな。あの肌の色の浅黒い少年はどこの誰なんだ」

「ああ、あの子か。あの子はアブドゥル・アルハザード。アラビア、イエメンのサナアからやってきたアヴドゥル・アルハザード。腕のいい魔法使いじゃよ」

「魔法使い？　セーラムの魔女みたいな？」

「そうじゃよ」

帰りのバスを運転しながら、俺は（すぐ近くとは一体どこだろう）と気になって仕方なかった。インスマスで風光明媚な場所は思いつかない。すぐ近くならみんなで天気の良さそうな日を選んで歩いて行けばいいではないか。

（ついでに行先など、もっといろいろ訊いてみれば良かったかな。例えばあの少年、アルハザードがアラビアにおける「セーラムの魔女狩りで生き残った者の末裔みたいな者」だとして、なぜ「腕がいい」と言えるのか。何事かを依頼したいことでもあると言うのか）

後悔が湧きあがった。

翌日も俺はインスマスへのバスを運転した。

乗客はいつもと同じ数えるほど。気楽と言えば気楽だし、往復するごとに手放したくない仕事だと思うようになってきていた。きょうは運転席の真後ろの席にあの少年、アブドゥル・アルハザードはいなかった。いなければいないで、さらにいっそう気楽だった。それは確かにあちこちで「興味本位で近づくな」と言われている土地もある。この辺ではセーラムだろうか。しかしセーラムは半ば観光地化している。「いまや、客寄せの魔女たち」というわけだ。（連中が観光バスを仕立てて行きたがっているのはセーラムかもしれないな）とも思った。

「気味の悪い歴史を逆手にとって利用して観光地化に成功したモデル地方都市を見学」というのはあり得る話だ。

アーカム到着後、ギルマン亭で昼食をとったあと、きょうは「悪魔の岩礁」を再訪してみることにした。あまり毎日昼休みを二階のミニ博物館で過ごすのはさすがに怪しまれる気がしたし、たまにはインスマスの外の雰囲気を味わうのも必要だろう。道すがら、俺はこれまでに感じたことのないような高揚感を感じた。登山家などが山に向かう時に抱くのはこんなわくわく感かもしれないと想像するほどの期待感がした。潮の匂いが濃くなり、潮騒の音が大きくなるにつれてそれは頂点に達した。ありふれた砂浜も波打ち際も、どこかなにかが違って見えた。

「悪魔の岩礁」は当然のごとく、沖合一マイル半のあたりに暗い陰鬱な姿を突き出していた。前回、最初に見たときにはそんな感じは受けなかったのだが、今回はいつまでも、いつまでも眺め続けていたい気がした。何もない、ただ灰色の波が寄せては返し、薄黒い泡沫を立てているだけの岩に過ぎなかった磯が微妙に違った感じがするようになった。と、遠目にだが、岩の上に生き物の影がちらりと蠢《うごめ》いたのが見えた。

（アザラシか、セイウチか、それともラッコなのか。このあたりにはそんな海の生き物もいるのか。しかもこの距離から見えるほどの大きさのやつが）

俺は視力はいいほうだ。不思議なことにこの時はそれに加えてズームレンズのように対象がやや大き目に拡大されて見えた気がした。

目を凝らすと愕然とした。おおきな蛸のようだが蛸ではない。触手の数が多い。コウモリに似た羽根がある。鱗が輝いている。目をこするともう一匹、鱗木《りんぼく》のような胴体に星型の頭を持った生き物。さらにもう一匹、不定形のアメーバ状の生き物。それもここから見えるくらい大きい。そいつらには見覚えがあった。きのうの昼休み、ギルマン亭の二階の奥の部屋の一部屋だけの博物館に展示してあった悪魔の岩礁の模型の上や波の上に、俺が戯《たわむ》れに置いてきた不気味な怪物たちの駒に酷似していた。

（まさか、あの駒の数数は、このインスマスの沖合に棲んでいる禁断の生き物を象《かたど》ったものだったのだろうか。それとも駒が魔法の駒だとしたら、岩礁の模型の上に並べることによって現実に出現する存在なのだろうか）

俺は思わずバシャバシャと波に向かって進みかけた。靴とズボンの裾が濡れ、慌てて引き返した。ふと我に返ると、アーカムに戻るバスの発車の時刻が迫っていた。遅刻寸前だった。俺は慌てて、小走りで息を切らせながらインスマスの町に、ギルマン亭に帰った。

客たちが怪訝《けげん》そうな表情で待っていた。二階の博物館を確かめて見たいのは山山だったが時間がなかった。岩礁の模型が、怪物たちの駒がどうなっているのか気になって仕方なかった。きのうのままか、それとも誰かがしまってくれたのか。とりあえずアーカムに向けて発車することにした。運転席の後ろにはあの少年、アブドゥル・アルハザードが乗っていた。俺は訊きたいことが山のようにあった。が、口火を切ったのは少年のほうだった。

「おじさん。ズボンの裾が濡れているよ」

「ああ、これは」

「おじさんは自分では気が付いていないのかもしれないけれど、取り返しのつかない方向に向かって進んでいるんだよ」

「あの駒のことか」

「分かっているのだったら、きょうアーカムに戻ったら、辞表を書いてこの仕事を辞めるんだ。そして、二度とインスマスを訪れないようにするんだ。それしか方法はないよ」

「それはできない。そんなことをすると困るお客さんたちが出てくる。代わりの運転手もそう簡単には見つからないかもしれない」

「ぼくにはただの言い訳のように聞こえるよ。おじさんはもう立ち止まって引き返すことが難しい、いや出来ないところまで足を伸ばしてしまっているんだ」

「だとしてもどうだと言うんだ。俺が正気じゃなくなったとして、突き詰めたら俺だけの問題じゃあないのか」

バスはアーカムのバスターミナルに到着した。少ない乗客はぞろぞろと、あるいは気のせいかもしれなかったが後ろ足で立った蛙みたいにピョコピョコと飛び跳ねて降りていった。アルハザード少年の姿もいつものように人混みに紛れて見えなくなった。

翌日のインスマスでの昼休みの休憩は、ギルマン亭の二階の奥の部屋にあるミニ博物館で過ごすことにした。

（ここならいくら何でも帰り便の出発時間に遅刻しそうになることはないだろう）

いつもの魚料理の日替わり定食の昼食中に、店内のそこここにポスターが張ってあるのに気が付いた。

「『悪魔の岩礁』ツアー　真の故郷に帰ろう。

バス使用。インスマス市民であれば料金無料。次の大潮の日の昼間」

（なんだ。アーカムのバス会社の観光バス係と契約したのかな。それにしても不可解だ。観光船をチャーターして近づいて周遊する、というのなら分かる。どうしてバスなんだ。バスなんかに乗らなくても、小一時間も歩けば岩礁がよく見える海岸まで行くことができる。俺も昨日行ってきた）

　俺はそのことをギルマンに尋ねた。

「いや、バスで良いのですよ。あの悪魔の岩礁のあたりは実は暗礁だらけで、小さな釣り船や漁船はおろか、ボートですら近づくことはできないのです」

「だったらなおのことじゃないか。軍隊から水陸両用戦車でも借りてこないことには」

「バスで行けるのですよ。バスのほうが大勢の乗客が乗れますし、何より悪魔の岩礁に上陸後も、みんな乗ったまま岩礁の上を走り回れますからね」

「バスで？　上陸？」

　俺は訳が分からなくなってきた。

　アーカムのバス会社は、水陸両用バスを保有しているのだろうか。

「で、そのバスはどこのバスなんだ？」

「あなたが毎日運転してきているあのバスですよ。他にどのバスがあるというのですか」

「莫迦を言え、あの普通のバスでどうやって海の上を走れると言うんだ」

「走れるのですよ。どんなバスでも。星晨《せいしん》が揃いさえすれば」

「で、運転手はどこの会社の運転手なんだ」

「あなたに決まっているじゃありませんか」

「この俺が、バスで海の上を走る？　そんな器用なことができるものか」

「いや、できます。あなたは特別なかたなのです」

阿呆らしくなった俺は昼食の伝票に名前と「会社持ち」と書いて二階へと上がった。突き当りの奥の部屋のミニ博物館は、いつもと変わりのない様子だった。腰蓑を付け、風変りな冠をかぶったマネキン。サヌカイトや黒曜石のナイフ、そして悪魔の岩礁のジオラマの模型。岩礁の上には、一昨日の昼休みに俺が戯れに飾り付けて置いたミニチュアの怪物たちが置かれたままになっていた。俺は名状しがたい不可解な感情に襲われた。確かにミニチュアの怪物たちは置かれたままになっていたものの、俺が置いた置き方のままではない。あるものたちは話し合うように、あるものたちは争い諍《あらそ》いを起こしているかのように、そして噛み合い、喰い付き合っているようにポーズが付けられていた。

（俺以外にここを訪れた何者かが、ポーズを付けたのだろうか。例えばギルマンの親父とか。とてもそんな遊び心があるようには見えないが）

と、ジオラマの海岸側の林のミニチュアの中で、何かがブルンと動いた。茂みの中にはミニチュア・カーのバスがあった。ゼンマイか電池か、何かで動く仕掛けになっているのだろうか、クラクションを鳴らして発車した。しばらく海岸べりを遊覧するかのようにいったりきたりを繰り返した。

(何かにぶつかったら向きを変える仕組みがあるわけでもなさそうだし、よく出来ているな)

ミニカーのバスは海の中に乗り出して、悪魔の岩礁を目指して走った。

(ただのジオラマだからできるんだ。実際には不可能なことだ)

岩礁に到着したバスは、崖をよじ登って上部に着き、ミニチュアの怪物たちのあいだを縫うように走り回った。客席の窓には、インスマスの町の人人の顔が描いてあった。そして運転席の窓には米粒大に縮小されてはいたが、そこには確かに俺の顔があった。

またあの眩暈《めまい》を感じた俺は、まだ動き回っているミニカーのバスはそのままにして、壁を伝うようにして階段を降りた。

(これから運転してアーカムまで帰らなくてはならない)

気が付くとギルマン亭の外壁にも、かつてのマーシュ船長の金の精錬所跡の建物や、他の建物の壁のあちこちにポスターが張られていて人だかりがしていた。アルハザード少年は少し離れた建物の壁に腕組みをして眠るようにもたれかかっていた。

「やあ、ついにツアーが行われるのですね」

「待ちに待っていました」

「あなたが運転してくださるのですね」

それまでほとんど話しかけてきたことのなかったインスマスの老若男女が俺を取り囲んで地方訛りで話しかけてきた。

「ちょっと待って下さい。会社に相談してみなければ。私はまだ何も聞かされていません。第一、現実には海岸と岩礁のあいだには海があって、バスでは進めないではありませんか」

何を言っても彼らは聞かなかった。幸い、逃げ込むようにバスに乗って発車させると、乗客の連中はまるで魔法が解けたかのように押し黙った。いつものインスマスの連中に戻った。

「おじさん。もう分かっただろう。分かったら二度とインスマスに来てはいけないよ」

アルハザード少年が言った。

「大丈夫さ。第一バスの会社がこんな契約をしたり、許可するはずがないじゃないか」

事実、アーカムの営業所に帰って予定表を確かめても、そんな臨時ツアーの予定はどこにも書かれてはいなかった。

アパートのベッドで俺は考えた。

（よく分からないが、インスマスの人人がそれほどバスに乗って悪魔の岩礁を見物したいと言うのなら、行ってやればいいんだ。それで彼等が得心して無茶な要求をしなくなるのならば。バスで海を渡れるはずがないじゃないか。ましてやボートで行くのも難しい、不可能と言ってもいい岩礁だぞ。あれはジオラマだからこそできたことだ。いわば特撮映画だからこそできたことなんだ。現実には絶対に不可能なことだ）

翌日、ギルマン亭のテーブルに座ると、オーナーのギルマンが一枚の名簿のような紙を置いた。リストにはマーシュ、ウエイト、ギルマン。エリオットなど、かつてマーシュ船長の部下だった船員であり、いまでもインスマスの町の名家とされる者たちの姓名が多く見られた。

「見てください。あっという間に満席です。補助席も使わなければ。ああ、それからこれは運賃です。予約した者に前払いしてもらいました」

ギルマンはそう言いながらテーブルの上に一握りの金貨を置いた。

「そうかい。でもこれは受け取れないよ。町に帰ったあとで使った分のガソリンを入れてくれさえすれば」

「そういう訳には行きません。ぜひ受け取ってください。あなたは特別な資格を持った稀有《けう》な運転手なのです」

「押し付けるのなら俺は運転はしないよ。俺はインスマスの皆さんが喜んでくれるのならそれで十分なんだ」

「そうですか。どうしてもと仰るのなら」

金は欲しかったものの、さすがにこれは会社に分かった時に咎《とが》められると思った。昼休みに路線以外のところを走るのもまずいだろうが、インスマスの人人がガッカリする顔はなおのこと見たくはなかった。昼休みは二階の奥の部屋のミニ博物館に行ってみた。岩礁のジオラマの模型を恐る恐る覗くと、ミニカーのバスは電池かゼンマイが切れたらしく、もとの海岸の林の茂みに戻っていた。俺は安堵した。ミニチュアの駒の怪物たちは、岩礁のあちこちに留まったままだった。

冠をかぶり、腰蓑を付けたマネキンもそのままだった。俺は冠をはずしてまたかぶってみた。

くらくら……　ゆらゆら……

(行かなければ。行かなければ。岩礁に行かなければ。皆と一緒に行かなければ)

呪縛とも言える強迫観念が頭、胸、身体じゅうに渦巻いた。

(そうだ。ツアーの当日、悪魔の岩礁に向かう時は、この冠をかぶって行こう)

そんなアイデアが湧きあがった。

(腰蓑もいいかもしれない。ズボンの上からでもいいだろうし、直接身に着けてもいいんじゃないか)

俺は近くにあった大きめの紙袋に冠と腰蓑を詰め込んで階下に降りていった。いかにも何かを盗んだかのような不審な恰好だったが、オーナーのギルマンは何も言わなかった。見て見ぬふりをしてくれたのだ。

そうこうしているうちにツアー当日がやってきた。その日はインスマス日和《びより》とも言える陰鬱な曇り空だったが、参加者はコスプレのような十八、十九世紀ふうの衣装、男性はフロックコートに山高帽など、女性はドレス姿で次次にバスに乗り込んでいった。ギルマンの親父はなぜか留守番の、見送り組の列にいた。俺は頭に例の隠し持ってきた冠をかぶった。

くらくら……　ゆらゆら……は頂点に達した。

乗客たちからは見えにくいだろうが、ズボンの上から腰蓑を付けていた。バックミラーに映った自分の顔は、いわゆる完璧な「インスマス顔」になっていたが、何故か当然の事と受け入れていた。皆も同じじゃないか。そして何故か、みんなも「冠」をかぶっていた。それぞれの家に伝わるものかもしれない……。

（なあに、悪魔の岩礁の対岸の砂浜をぐるぐると回るだけさ。午後のアーカムに戻る発車時刻にも間に合うさ）

と、乗客たちのあいだの誰からともなく、歌声が発せられた。

「♪古の、伝説の土地インスマス。
ダゴンの血を引く住民が
旧き者どもと共共に
向かうは岩礁、クトゥルー様の
いあ、いあ、クトゥルー
ふんぐるい　むぐるうなふ

くとぅるー　るるいえ
うが＝なぐる　ふたぐん」

「いあ　いあ」が合いの手のように唱和される。

気が付けば俺も歌っていた。本当に楽しかった。まるで子供の頃の学校の父母同伴の遠足のようだった。バスはすぐに悪魔の岩礁を見渡す海岸に到着した。当たり前だ。昼休みの散歩コースなのだ。車で行けばすぐ着くのに決まっている。俺は乗客を満足させるために砂浜を行ったり来たりした。

（もうこのへんでいいかな）そう思ったとき、乗客たちから声があがった。

「行け、海に突っ込め」

「悪魔の岩礁に向かうんだ」

「そんなことをしたら、たちまちエンストしてしまいますよ」

「大丈夫だ。ダゴン様が、古の者どもが守ってくれる。突っ込んでも大丈夫だ」

「舵を取れ、いやハンドルを切れ岩礁へ」

「我我はあの岩礁に行きたいんだ。行って岩礁の上で踊るんだ」

「無理ですよ。お分かりでしょう」

その時、かぶったいびつな冠がぐにゃりと歪んで、額やこめかみや後頭部のあたりに再び電流のようなものが走った。

これ以上はないくらいのくらくら……　ゆらゆら……

腰蓑からは熱い熱気のようなものが湧きあがってきた。

「出来る。行ける。行けるとも」

俺はバスを海のほうに向けると、思い切りアクセルを踏み込んだ。バスは不思議にもスリップすることもなく、波間に向けて、沖合一マイル半ほどのところにある岩礁目指して走り出した。タイヤは最初のうちバシャバシャと波を蹴立てていたが、やがてその音はしなくなった。それどころか、アクセルを踏まなくても、ハンドルを切らなくても、勝手に動いていた。運転席の窓から顔を覗かせて下を覗くと、無数の魚のような、トカゲのような生き物がバスを背中、背びれの上に乗せて運んでくれていた。

「いあ！　いあ！　いあ！　いあ！」

乗客たちのあいだから一斉に歓声があがった。

「行くぞ、岩礁へ。我らの真の故郷へ」

生き物たちが泳いでバスを運ぶ速度は速かった。バスはあっという間に岩礁に到着した。到着後、無数の見るもおぞましい生き物たちはそのままバスを岩礁の上の平らな場所を目指してバスを運び上げた。やがてバスは僅かな平面部に到着した。

「やったぞ。ついに来た。我我はついに来たんだ」

「父祖の土地へ。ダゴン様やクトゥルー様がお出ましになるところへ」

「ドアを開けろ。早くドアを開けるんだ」

俺は言われるままにドアを開いた。

客たちは欣喜《きんき》雀躍《じゃくやく》しながらバスの外に躍り出た。

外にはバスを運んできた深海魚のような、深海生物たちのような者たちがひしめき、蠢いて待っていた。

「ありがとう、本当にありがとう。毎日毎晩夢に見ていたよ」

乗客たちは怪物たちと抱擁し合った。奇妙なことに怪物たちは客たちに襲い掛かろうとはしなかった。まるで、かれらは自分たちのボスへの捧げもので、自分たちは手をつけてはいけないと分かっているかのように。結局、乗客たちは全員バスを降りて、岩礁の上で得体の知れないモノたちと踊ったり、手（それが手と呼べるものであったなら）を取り合ったり、抱き合ったりしながら、例の呪文のようなものをはじめとする人間の言語ではない何かを唱え叫び、狂喜乱舞していた。俺もなぜか抑えがたい衝動に駆られて運転席から立ち上がり、バスから降りようとした。

「これが最後のチャンスだよ、おじさん。バスから降りてはいけない。エンジンを掛けるんだ。あの人たちがああやっていられるのもいまのうちだけさ」

振り返ると、あのアブドゥル・アルハザード少年が立っていた。

「それから、バスのドアは閉めておいたほうがいい。開いていた窓はいまぼくが閉めて回った。それから、冠と腰蓑は脱いでおくんだ」

少年の口調には抗い難い威厳があった。

俺は冠と腰蓑を脱いだ。

するとなぜかハッと我に返った。

(自分はこんなところで一体何をしているんだ)

「冠と腰蓑、特に冠は、すぐに手の届くところに置いておくんだ」

俺は冠をハンドルの前のダッシュボードに置いた。冠はかつて見たこともないくらいこの世のものならぬ禍禍しい色の数数を放って光り輝いていた。

「あと一つ、両目を固くつむっておくんだ。ぼくが『もういい』と言うまで決して開いてはいけない」

「分かった。何か知らないが、そうする」

と、何か骨が砕けるような音がフロントガラス越しに響いた。大勢の人間の悲鳴がそこここから挙がった。骨が砕かれるような音もあちこちから聞こえ、何か柔らかいものや液体のようなものがフロントガラスやすべての窓にぶちまけられるような音が長く続いた。

続いて、何か鞭かホースのようなものがバスの窓という窓に打ち付けられる音がし始めた。

みんながかぶっていた冠が「カシャーン、カシャーン」と一か所に集められ、積み上げられているような音がした。

「いいかい。よく聞いて。運転席の窓を開けるんだ。そして、その冠と腰蓑をバスの外に投げ捨てるんだ。できるだけ遠くに投げ捨てたら、すぐに窓を閉めるんだ」

「目を開かないとできるわけがない」

「しょうがないなぁ、見てもいいのは投げ捨てるものだけだ。その他のものは絶対に見てはいけない。特に窓の外は」

「目を半開きにしておくとか」

パシッと、フロントガラスにヒビが入るような音がした。

「いまだ。いまが本当に最後のチャンスだ」

俺は言われるままに窓を開いて、そこから冠と腰蓑を力いっぱい放り投げた。

なにかがちらりと視界を横切った気がしたが、未来永劫絶対に語らないほうが良いものだった。と、外に蠢いている連中は冠と腰蓑を奪い合うように群がり折り重なって小山のようになっているような気配がした。言葉では表現できない怒声と唸り声。重い衝撃音が繰り返された。

「いまだ。アクセルを踏み込んで」

「ハンドルは」

「目を開けちゃいけない」

バスをここまで運んできたものたちが、バスの下でもぞもぞと動く気配がした。

アルハザード少年は、どこの国のいつの時代の言葉か分からない呪文を小声で唱え続けていた。バスは岩礁を走り降り、波の上を走っている気配がした。バスを支えている生き物たちは、行きがけとは違って、アルハザード少年に命じられ、操られて動いているようだ。一マイル半の距離がとてつもなく長く感じた。その間、ひたすらに目を閉じ必死にハンドルにしがみついていた。バスはようやく対岸の砂浜に到着した。バスを支えて動かしていたものたちがぞろぞろと波打ち際から海の中へと去っていく気配がした。

「おじさん、もう目を開けてもいいよ」

俺は恐る恐る目を開いた。振り向くとアルハザード少年以外の乗客は誰一人いなくなっていた。窓ガラスは波で洗われて、汚れたところは特に目につかなかった。ただ一か所、フロントガラスに小石が跳ねて当たったようなヒビが入っているだけだった。

「おじさんは利用されただけ、はめられただけなんだ。ここで起きたことは死ぬまで、どこの誰にも語ってはいけないよ。もっとも語ったところで信じる人は誰もいない、誰一人としていないだろうけれど……

インスマスの町に戻ったら、何もなかったかのようにアーカムへの帰りの便を運転するんだ。みんながどうなったか訊く者は誰もいないだろう。それと、ぼくはもう再びおじさんの前には現れないと約束するよ」

そう言い残すとアルハザード少年は消えた。

俺はインスマスのギルマン亭の前に戻った。少年が言った通り、満員の乗客がどうなったか訊く者は一人もなかった。留守番をしていたギルマンは元の不愛想で無口な親父に戻っていた。バスは予定の時刻からやや遅れてインスマスを出発したが、俺が飛ばしたせいでアーカムのバス・ターミナルには定刻に到着した。客はいつものように無言でぞろぞろと降りていった。

「もう明日からは来なくてもいい」

俺が営業所に戻ると、事務の男がぶっきらぼうに言った。

「えっ」

「もうこの路線、アーカムとインスマスを結ぶ路線は無くなるんだ。だからもうバスは走らないし、走らせる必要もないんだ」

そう言いながら渡された日払いの手当が入った茶色の封筒からは、分厚くはないものの見たことのない大統領の肖像画が描かれた紙幣の札束がちらりと覗いていた。

「それではこの便を利用していた人たちが困るのでは」

「解雇されたおまえさんが心配することじゃあないだろう」

俺は封筒を受け取って帰った。

（この金が無くなる前に、次のアルバイトを探さなくては）

それだけを思った。翌日、俺は念のために、アーカムからインスマスへのバスが出る朝の発車時刻にバス・ターミナルに行ってみた。

当然とは言え、代わりのバスは出ておらず、どうやって知ったのだろうか、待っている客も怒っている客もいなかった。

インスマスから四十人近い人間が消えたと言うのに、マスコミなどでは何も報じられなかった。

新しいアルバイト、アーカムでの運送業にも慣れて、休みの日のローテーションにもなじんだ頃、俺は愛車のボロ車でインスマスを訪れてみた。ギルマン亭もオーナーの親父も魚の日替わり定食もそのままだったが、別人が作るようになったのか味は各段に落ちていた。二階の奥の部屋もそのままで、鍵もかかっていなかった。ドレス・メーキングの素体のマネキンに目をやって俺は「アッ」と声を上げた。そこには例の冠と、腰蓑が戻されていた。

(もしかしたら、この冠こそがこの世界と、ここことは違う別の世界を隔てる何か特別なものだったのかもしれない……)

自分にそう言い聞かせた。もう手に取ってみる気は起きなかった。岩礁のジオラマもそのままだった。

ただ、灰色の塗装がひび割れて禿かけていて、まるで何者かが中から脱皮を試みて失敗したような感じだった。バスもあった。岩礁の上に乗っていた。だが、バスの窓に確かに描かれていたはずの客たちの絵や、運転席に描かれていた俺の顔の絵は消えていた。

その後、俺はアルハザード少年と決して会うことはなかった。

いまはただ一つ、何かのはずみでインスマスという地名を聞くにつれ、俺の耳に例の「いあ！　いあ！」という掛け声が細く低く聞こえてくるのが気がかりなだけだ……。

# 佇《と》まり木の女

浅尾　典彦

## ■神谷渡

特に取り立てて、どこがカッコイイというわけでは無い。でも確かに、神谷渡《かみやわたる》という男は一時期結構モテたというのは事実だ。

これはもうある種の才能で天性と呼んでもいいのかもしれないのだが、神谷は女性だろうが男性だろうが子供だろうが年上だろうが外人だろうが、誰にでも臆することなく声をかける事が出来るのだ。

現代はコミュニケーション能力が高いとそれだけ得をする社会らしい。この素晴らしい能力で神谷は他人との距離を上手に詰められるのだが、仕事は営業職ではない。世の中そんなものかもしれない。

しかし、人間の魅力というのは不思議なもので、ある時期を過ぎると潮が引くように人が離れていく事がある。テレビなどで人気を博し大変よく売れていたタレントでも、ある時期を過ぎると全く見かけなくなる人も多い。

神谷も年を重ねるうちに、自分がそんな時期に差し掛かって来たのを感じていた。気が付けば周りから少しずつ人が遠のいていったように思えるのだ。親しかった人間も気が付けば結婚していたり、転勤になったり、独立して自分の道を歩んでいる者もいる。

そういえば、遊び感覚の知り合いは多かったが、本気で付き合ってくれていた人もあまりいなかった気がするし、同性でも異性でも本当に心を許せる〝親友〟と呼べる存在もいない。

みんなと仲良くよろしくやって来たのに、その場限りの軽い付き合いばかりだったのだろう。最近はその事も少しばかり反省している。

「でも、やっぱり最後の魅力は金なのかな。いや、一番は何より自分の気持ちの問題だよな。一人の女性《ひと》を決めてちゃんとお付き合いしないといけないよな。〝命がけ〟くらいの気持ちでないと年を取ったら孤独死かな」

そんな寂しい気持ちを抱きながら、それでも昔の癖は治らず、夜は相変わらず飲み歩いている。

神谷には行きつけの店というのはない。新しい店や面白そうな店があればそこへ行き、あちこち飲んで周る「回遊魚」と呼ばれる飲み方だ。

その日は、ハロウィンの前日である十月二十九日。都会にある繁華街はにぎわっていたが、騒々しさを嫌い、神谷は気分を変えるためいつもと違う道を当てもなくフラフラと歩いていた。

古いシャッター街の商店街を抜けると、交差点の横の細い路地の角にその店はあった。

## ■佇《と》まり木（一日目）

「『止まり木』じゃあなくてＢＡＲ『佇まり木』か。確か『たたずむ』って字だよな。面白い当て字だけど、今時こんな所で商売していて成り立つのかな」

独り言を言いながら神谷はその前を通り過ぎようとしたが、ふと、「オレみたいに落ち着きのない飲み方をする奴は『佇まり木』なんてのが向いてるのかも」と思い直し、古い木のドアを押して中に入った。

店はそれほど広くなくカウンターとテーブル席が幾つかあるだけのこじんまりした構造だったが、調度品から何からすべてが古臭く、少し暗い。天井から茶色いソーダガラスのシェイドが着いたランプが下がっている。壁にはカウボーイハットが掛かり、長年掛けられていたのであろう、色あせたジェームズ・ディーンの写真パネルが飾ってある。ジーンズをはいてたばこを咥《くわ》えている。昭和がそのまま凝り固まったような空間だった。

「いらっしゃいませ」カウンターの中のマスターがこちらをちらりと見て声を掛ける。

「今どきジェームズ・ディーンね」独り言を呟きながら二つしかしないテーブルのシートに神谷は腰かけた。

「バーボンをロックで」

「畏《かしこ》まりました」

奥のカウンターを見ると、女性が一人で飲んでいるのが眼に停まった。年の頃なら三十歳前後か。髪の長い目鼻立ちのくっきりした美人だが、何処と無く蔭があるミステリアスな雰囲気の女性だった。爪とルージュは同じ赤に染められている。考え事をしているのか、空中を見ながら細い指でグラスを持ちあげ赤ワインをゆっくりと飲んでいた。

神谷の好みの〝ど真ん中〟のタイプだった。美しく、憂いがある美人。彼女を観て神谷は心が揺れるのを感じた。

「一目惚れってやつなのか？」こんな気持ちになったのは今までに無い事だった。

グラスを持ってきたマスターに「あの女性は常連さん？」と小声で聞くと「いいえ、初めてのお客様です」と答えた。

神谷はちびちびと酒を飲みながらその女性を観ていたが、何となく放っておけない雰囲気で、思い切って声をかけることにした。グラスを持ったままシートを立ち上がり、カウンターへ向かう。

「一人なの？」

「……」

美人の女性は答えない。

「よかったら一杯おごるよ」と言って声をかけて、神谷は女性の隣の席に座った。

「私に構わないで、」

女性は神谷の顔も見ようともせず、カウンターにお金を置いてそのまま出て行ってしまった。

「脈なしか」

神谷も一杯ひっかけてお金を払い、何も言わずに外へ出た。表通りの方が何やら騒がしい様子だったが、興味もないので元来た道を足早に帰宅して寝てしまった。

■次の日（二日目）

次の日、何か〝忘れ物〟をしたような気分になった神谷はまたあの店に行った。

前日と同じ時間にバーに入ると、カウンターにあの女性がいた。

昨日と同じ場所に座り、憂いのある眼差しでゆっくりとワインを飲んでいる。良く見ると、服もネックレスもパンプスも昨日と同じものだ。

〝二日同じ服を着ている女性は珍しいな。それとも訳があって家に帰っていないのか〟

神谷は勝手に想像を膨らませながらその様子を見ていた。

昨日と同じバーボンのロックを運んできたバーのマスターにそっと「あの子、昨日もいた

ね」と聞くと、

「いいえ、初めてのお客様です」と答える。

「客に干渉しない主義かな。まあいいや」

しかし、一旦しぼんだ神谷の好奇心がまたむくむくと膨れ上がって来た。

神谷は席を立ちグラスを持って女性に近づいた。

「昨日も来ていたね。良かったら一杯おごるよ」

「構わないでって言ったでしょ」

女性は一瞬不思議そうに神谷を見たが、気を取り直したのか冷たく言う。しかし今夜は昨日のように立ち去らなかった。

〝やったね〟神谷は心の中でそう呟くと、隣に座ってワインを二杯注文し、一つを女性に差し出した。

「乾杯しよう」

「乾杯なんて、気分じゃないの。私にかかわらないほうが良いわよ」

「気にしない、気にしない。では、二人の出会いに」

神谷はグラスを上げるが、女性はグラスを合わせようともせずに中空を見つめている。仕方なく、神谷は「乾杯」と一人勝手に言ってワインを一口飲んだ。

女性は一杯飲むと「じゃあ」といって、先に帰ってしまう。

「じゃあ。また」

一人ぽつんと残される神谷。

■また、次の日（三日目）

あれから、一日中あの美人の事が神谷の頭から離れなかった。

彼女は何なのだろう。同じ服を着ていたのも気に掛かる。お金が無いようでもなかったが、どんな生活をしているのだろう。名前は？

マスターが「初めてのお客様です」と言っていたがどう考えてもおかしいよな。あんな美人の女性が一人で飲んでいるのに忘れるわけがない。女性は常連であまり人が寄り付かないようにマスターに頼んでいるのかな。気になり出したら、色々と気になってくる。

夕方、仕事を終えるとまた『佇まり木』の方へ足を向けた。神谷は回遊魚をやめていた。

昨日と同じ時間に店に入ると、またあの女性がいる。昨日と服も飲んでいるものも同じだ。

マスターにはもう何も聞かなかった。

隣に座りワインをおごる。

「私に関わっても何にも良いことないわよ。不幸になるだけだわ。そう言ったでしょ」

と女性はいう。こちらに関心がないというか、世の中のすべてに関心がないような雰囲気だ。

「何か訳があるんだね」

「……」

「僕でよかったら話してみてよ」

「どうして私なんかに関心を持つの？」

「ちょっと好みのタイプでさ」

女性はしばし神谷の顔をじっと見つめた後やっと重い口を開いたのだが、信じられない事を話しだした。

「私、もうすぐ、死ぬの」

■告白

「死ぬなんて馬鹿な事を言うもんじゃないよ！」神谷は慌てて言葉を返す。

「……」

女性はまた沈黙してしまう。

「病気なの？　癌《がん》だとか？」

「病気じゃないわ」

「自殺するとか？」

「違うわ」

「じゃあどうして？」

彼女は顔を曇らせながら
「言えないわ。言っても信じないもの」と目線を落として答えた。

「でもやっぱり死ぬなんて良くない。人間何度でもやり直しできるよ。もし今の状況が悪くったってさ、絶対死んじゃだめだよ、やっぱり」

「無理なの、そうなるよう決められているのよ」

「決められているだって？　どんな境遇なのかは知らないけど、まず命が大切だ。とにかく生きて、自分の命や身体を大切にしないと」

「優しい人なのね」

「オレだっていろいろあったからね。そうだ、オレ、神谷って言います」

相手の名前は名乗らない限り聞かないルールだ。

「なら、神谷さん。私の言う事を本当に信じてくれますか？」

「信じるよ。信じる」

暫《しばら》く躊躇《ちゅうちょ》してしたが、女性は意を決したように神谷に向き直って口を開いた。

「私、呪われているの。ここを出たら死に続けるのよ」

目が真剣だ。

「そんな馬鹿な、冗談だろ？」

「冗談なんかじゃないわ！」

「人間一度死んだらおしまいだよ。死に続けるなんてありゃしないよ」

「……」

「それじゃあまるで仏教にある「八大地獄」のひとつ無間地獄だ。あるいは沈没する船に乗り続けている〝タイタニック女〟だよ」と茶化して言ってしまった。

「もういいわ！」

女性は怒って席を立ち先に返ってしまう。

「あーあ、また失敗した」

■生きている世界（四日目）

次の日も、神谷はバーに行ってみる。

怒らせたのでどうせあの女性はもう居ないだろうと思っていたが、驚いたことに同じ場所で飲んでいる。

同じことの繰り返し。一緒に座って飲んで話し出す。

「もうあなたとは話したくないわ」

「昨日はごめん。ちゃんと話を聞くよ。でもバカなオレにでも解るように話してくれよ」

「私はこの世界の人間じゃないのよ」

「よく解らないな。もう少し詳しくたのむ」

「私だって死にたくはないわ。でも毎日死んでるのよ。仕方なく」

「古代エジプトの太陽神は日の出とともに生まれ日没とともに死ぬ。そして再生を繰り返す、みたいな」神谷は得意な蘊蓄《うんちく》で返してみた。

「そんなのじゃないわ。本当に死ぬの。しかもとても苦しいの」

「キミが死ぬんだね。もう少し詳しく説明してくれ。オレなりになんとか理解する」

「私はたまたま、この時代のこの場所にいて、今偶然にあなたに会っているの」

「出会いってみんなそうなんじゃないのかな。それで」

「この時間が終わると死んで次の世界に行っちゃうの。私がそこで死ぬと次はまた別の世界に行って、そこでまた死ぬの」

「良く解らないが輪廻転生ってやつかな」

「でも私の転生は、死の直前ばかりですぐ死んでしまって苦しみ続けるの」

「うーん。まだよく解らないけど、かなり辛そうだな」

「とても。でも理解できなくて当然だわ」

「貴女が苦しみながら死に続けるという事は何となく解ったよ。まだ信じられないけどね」

「あなたには信じられないでしょうけど、私は死に続ける運命なの。そして今は唯一静かに次の死を待っている時間なの。ここを出たら次々に色んな世界に飛ばされて毎回ひどい死に方で死に続けているのよ」

「信じるのは難しい話だね。もし仮にだよ、キミがSF小説の主人公みたいに多元世界を漂流し続ける女性だとして、次々と時代と場所を飛び続け、いずれの世界でも〝死んでしまう〟体験をし、しかもそれがループし続けるとしたら、そんな不幸なことはないな。でもそうだとしたら何か証拠が欲しいものだね」

　女性は神谷に向かって静かに、しかししっかりとした口調で言った。

「もう、あなたも薄々気づいているでしょ。この場所では同じ日が繰り返されているのよ」

　ハッとして、神谷は慌てて『佇まり木』のカウンターの奥にある日めくりカレンダーを見た。カレンダーは初めてこの店に来た十月二十九日のままだった。

■地獄のループ

「そうだ、確かに！」

そう言われれば着ている服も女性の髪の香りも飲んでいるワインも、ずっと一緒だった。

「キミは同じ十月二十九日という日をループしているのか？　でも、変じゃないか。同じ日を繰り返しているというのに、オレとキミだけは記憶がリセットされていない。これは時間が進んでいるという事だろ」

「そうよ。あなたももう多元世界のループの中に取り込まれてしまっているのよ」

「そうなのか。オレも！　何故？」神谷は驚いた顔になる。

女性は落ち着いた面持ちで神谷を見て「それはあなたが私に関わったから。でも私ほど不幸じゃないわ。あなたは同じ日の同じこのバーの世界をくるくる回っているだけだもの」

神谷は女性の相談に乗り、落ち着かせるつもりだったが逆に自分が混乱していた。

「止める方法はないのか？」

「ないわ」

「でも、あなたは優しくて少しだけでも信じてくれたから……、今夜見せてあげる」

「えっ」

女性は神谷を誘《いざな》って『佇まり木』を一緒に出ると、繁華街に出てバス通りの交差点に差し掛かる。神谷は何も考えられずにただ女性の後を無言で着いて行くしかなかった。

交差点で歩行者信号が青に変わり、女性が横断歩道を渡り始めた次の瞬間だった。信号無視をした大型トラックがもの凄い勢いでこちらに突っ込んで来たのだ。歩行者に気付いたトラックは急ブレーキを掛けたが遅かった。

神谷も何も出来なかった。

女性はトラックの直撃を受けて跳ね飛ばされ、道路に打ち付けられてもんどり返った。一歩後ろにいた神谷はトラックの風圧で飛ばされて路肩に尻もちをついた。

やっとトラックが止まる。運転手が飛び降りて来くる。神谷は慌てて起きて「誰か、救急車を!!　救急車を!!」と叫んだ。

大勢の人が集まって来た。

あの女性が耳から血を流しながら冷たいアスファルトに倒れているのがぼんやりと見える。もう瞳孔は開いたままになっている様だった。涙の筋が一本耳に向かって落ちて行くのが見えた。

「あんた大丈夫か？」見知らぬ男性が神谷に声をかける。

「彼女を!!　彼女を先に、助けて……」と言いかけてもう一度現場を見ると、女性の遺体は忽《こつ》然《ぜん》と消えてしまっている。まぎれもなく神谷の眼の前にあったはずだ。

「何が……、起こったんだ……」

急いで立ち上がろうとする神谷だったが目の前が急にぐるぐる回り出し、その場で意識を失ってしまった。

「救急車はまだかー!!」遠くで誰かが叫んでいる。

■次の日（五日目）

その後、おぼろげな記憶では病院に運ばれたはずなのだが、神谷が気付くと何故かいつものように仕事をしていた。

「居眠りしてましたよ」

女性社員がクスッと笑う。

「え、あ　そうか。ごめん」

夢？　あれが夢だったというのか？　彼女は確かに事故で死んだ。オレはいったいどうなったんだと神谷は口の中で独り言を言った。

「大丈夫ですか？」

「いや、何でもないよ。ところで今日は何月何日かな」

「……十月二十九日ですけど。ほんとに大丈夫？」

「大丈夫だよ。ちょっと聞いてみただけさ」

女性社員が変な顔で神谷を見ている。

仕事が終わった後、神谷はまたあの店に行くことにした。

〝あの女性は何時に来るのか？　入る瞬間を見てみたい〟神谷は気になって、ＢＡＲ『佇まり木』が見える離れた場所でずっと立って待っていた。しかし、時間が経っても彼女がバーに入る姿を見かける事はなかった。

いつもの時間になって、神谷が店に入ると女性はすでに座って一人で飲んでいた。

「解ってたでしょ」

「あの事故は？　キミは大丈夫だったのか？」

「大丈夫じゃないわ。轢《ひ》かれて死んだのよ」

「あれからどうなったんだ？」

「私はあそこで死んで、別の次元へ飛ばされたの。そこでまた死んで……、その繰り返し」

「何とか避けられないのか？」

「無理よ。色々やったけどすべてダメだったわ」

「そうだ、ここを出なければいいんだ。帰らなければ交差点の事故はないはず」

「この店にトラックを突っ込ませたいわけ？」

「そうかパターンを外しても同じ結果になるってわけだ。他に何か手立ては……」

「もう何もないのよ！」

「いや、落ち着いて。一緒に考えてみよう。前に呪いとか言ったね。そもそもこんな事が起こったきっかけは？」

「長い間苦しみすぎてよく思い出せないわ。たしか何かの呪いよ」

「いや、何事にも始まりがある。この地獄のループが始まったのは何時の事だ？　呪いというイメージはどこから？　何でもいいから落ち着いて、思い出した事を言ってくれ」

「思い出すのは……、遺跡」

「遺跡？」

「そう、遺跡。ああ、そうよ。そう言われて思い出して来たわ。この苦しみから逃れようとして何も考えないようにしていたの。あの時、私は考古学のチームで働いていたの。エインジェル教授の助手として遺跡の発掘のお手伝いをしていたの。戦争で破壊され今は滅びてしまった古代バビロンの遺跡」

「中東で発掘作業をしていたんだね。それで？」

「偶然見つかった『アブドゥル・アルハザードの墓』という場所に教授と一緒に入って調査していた。現地のガイドは怖がって入らなかったわ。アブドゥル・アルハザードという人は恐れられていたみたい。入ってみて驚いた」

「何があったの？」

「墓に入ってみると、石室の形式で石棺の中にミイラが収められているの、そこまでは普通。

でも、その石棺の横に分厚い書物とランプが安置されていた」

「遺品だろ。故人の魂を慰《なぐさ》める為とか」

「それが、時代が全く合わないのよ。バビロンの時代に本はない、粘土板に楔形《くさびがた》文字の時代よ。ましてランプなど……」

「そうか〝目には目を〟のハンムラビ法典の時代か。だったら後の時代に置かれたとか、アルハザードは偶然にその土地に埋葬されたとか？」

「それを調べようとしていたのよ。教授は『世紀の大発見かもしれない』と言って喜んでいた」

「それで？」

「教授はその書物を地元政府や研究機関の許可なしに勝手に墓から持ち出して持って帰ってしまったの」

「名誉欲かな」

「それで、ホテルに帰って読んだらしいのだけど……」

「それでどうだったの？」

「三日後の夜に、エインジェル教授はわざわざ私に会いにやって来た」

「それで」

「『大変な間違いをしてしまった。私はこの本を勝手に持ち出した事を心から後悔している。

この本はウムル・アト＝タウィルのものだった。持ち出したので奴を……、奴を眠りから起こしてしまったのだ。だからキミに頼みたい。これは最後の頼みだ。この本を明日元の場所に戻してくれないか』と言ってあの書物を無理矢理預けられたの」

「変な話だ。自分で行けばいいだけの事じゃないか」

「ところがその後、教授は失踪してしまうの」

「そうか、居なくなったのか」

「発見されたのは数日後、ティグリス川で教授は死体となって浮かんでいた。検視官の話では首がなかったけど溺死《できし》だったそうよ。私は怖くなって書物をそのままにして部屋から暫く出なかった。でも……」

「でも？」

「気になって、元あったところに戻す前にその一部を読んでしまったの……」

「好奇心か。で何て書いてあったの」

「一部しか読んでないけど、この書物を奪いし者は、時の支配者ウムル・アト＝タウィルの呪いが降りかかり、永遠に〝時の門〟に閉じ込められる事であろう。それは永遠に続く地獄である。と」

「それだな」

「それで私、慌てて書物を読み進める事で呪いを解く方法を調べようとしたの、でもちょっと離れた間に書物は忽然《こつぜん》と消えてしまっていた。解ったらすぐに書物を戻しに行こうと思っていたのよ。本当よ。そしたらこれが始まった」

「なるほど」

つまりは、『アブドゥル・アルハザードの墓』でウムル・アト＝タウィルの呪いを貰い、その作用で、時間や空間のワープが始まったという。彼女は死ぬたびにワープしてこの世界ではない時間軸でも何度も死に続けることになった。死は痛くて苦しく永遠に続く。

ここはその過程で移ってきた世界の一部に過ぎないのだと。それは彼女にとって唯一の安らぎの時間なのかもしれない。神谷は彼女を助けたいと思った。そして、偶然にかかわって彼女の時空に取り込まれてしまった神谷自身も。

「何か方法を考えよう」

「一緒に、考えてくださるのね」

「そうさ、今この状況が分かっているのは世界中に二人だけだ。何かあるはずだ。オレももう当事者だからね。そうだ、今夜はオレも一緒に行くよ」

「え、死ぬのは怖くないの」

「怖いけど、また帰って来られるんだろ」

「私は、ね。あなたはどうなるか保証はないわ」

「命を掛けないと次へは行けない。そうだろ」

「〝ウォッチャー〟になるだけかも」

「〝ウォッチャー〟って何だ?」

「現実の世界を見ているしかない幽霊みたいなもの、かな」

「それでも、一緒に行くよ!」

「ありがとう」

女性の瞳は潤んでいた。

■地獄の道行き

その日、店を出ると二人は交差点まで歩いて行った。これから起ることは解っている。交差点の赤信号で女性は立ち止まり観念したように目をつぶっている。

神谷は、女性の一歩後にいたが、ああ言ったもののやはり怖くて震えている。それでも勇気を出してもう一歩進んで彼女と並んだ。

歩行者信号が青に変わり、女性が横断歩道を渡り始めた次の瞬間、大型トラックが信号無視をしてもの凄い勢いでこちらに突っ込んで来た。前と同じだ。歩行者に気付いたトラックの運転手は急ブレーキをかけたが遅かった。女性と神谷の身体はトラックの直撃を受けて跳ね飛ばされて道路に打ち付けられた。神谷の横で彼女の断末魔の叫びが響く。

事故による全身の痛みと苦しみの後、女性と神谷は死んでしまったのだろう。

気が付くと、二人は何故か空高く雲の世界を漂っていた。神谷の前には女性が飛んでいたが、彼女はスカートをはためかせながら漂うように揺れていた。意識はほとんど無くなっている様子だった。

神谷の方は、意識ははっきりしていたが身体がやけに軽い、重力から解放されたかのようだ。まるで自分が自分でないような奇妙な感覚だった。

「これが〝ウォッチャー〟なのか」

そんな感覚を確かめているうちに、彼方にある雲の中に二本の柱があり間に扉があるのが見えた。ギリシアの遺跡でよく見かける中央が少し太く上部に沿って細くなるエンタシス構造の石の柱だ。中央の扉は観音開きに開いていて、二人が飛ばされている猛烈な風は扉の中へと吸い込まれている。彼女はもうろうとした状態のままその中へ吸い込まれて行った。続いて神谷もその中に吸い込まれた。

扉の中で本当の地獄が始まった。

最初に飛ばされたのは大きな客船の上だった。女性は上品な貴婦人になっており、オートクチュールの衣装をまとい、小さなハンドバッグとレースの手袋を持ち、クリーム色の帽子を被っていた。神谷はそこの誰でもなくただ彼女を近くで見つめている存在だ。

もう深夜だがまだ煌々《こうこう》と明かりが灯され、バンドの生演奏がゆったりと流れている。演目「クイーンズタウンの思い出」と書いてある張り紙の上に一九一二年四月一四日と日付があった。女性はお酒を飲もうとホールにあるラウンジに入っていく。

神谷は女性の後をついて行った。女性は声をかけてきたボーイに誘われ奥の席のゆったりしたソファに腰かけ、グラスワインを注文した。ボーイはすぐにグラスとボトルを持ってきて、テイスティングの後グラスにワインを注いだ。芳醇《ほうじゅん》な香りが辺りに広がる。貴婦人はゆっくりと飲み始める。

「タイタニック号の処女航海を祝って」チップを貰ったボーイは祝辞を述べて引き下がった。

「この船は、タイタニックだ！」

神谷は貴婦人に危険を知らせようとした。しかし、彼の声は届かない。腕を取ろうにも女性の身体をすり抜けてしまう。

その瞬間だった。地響きのような大きな音と共に船体が大きく揺らいだ。

貴婦人は慌てて席を立ち、自分の部屋に戻ろうと通路に向かった。だがすでに、乗客が騒ぎ出し、多くの人が甲板にある出口に殺到している。貴婦人が甲板にたどりついたころには氷山にぶつかった船は二つに折れて沈み始めた。甲板にいた人々は船の急激な傾きにより次々と冷たい海に滑り落ちてゆく。

婦人もまた例外ではなかった。やっとたどり着いた甲板を絶叫と共に転げ落ち、冷たい海に叩き落とされた。神谷は助けようと手を出したが掴めずに一緒に落ちた。

貴婦人は、しばらくは海に浮かんでいたが、北極に近い海水温は摂氏二度。すぐに低体温症になり心臓が止まった貴婦人は口から泡を吐きながらゆっくりと冷たい海へと沈んでゆく。神谷は必死で助けを呼んだが、その声は誰にも届かなかった。神谷は寒さを感じなかったがすぐに意識が遠のいた。

気が付くと再び空へ。

通り抜けた扉の中は大都会の高層ビルのオフィスだった。窓から見える下の街並みや車がミニチュアの様に見える。

ここでの女性はオフィスで働くOLだ。プレゼン用の資料のコピーを持って同じ階の上司のデスクに向かう途中で歩きながらもう一度書類をチェックしている。神谷はOLの後をついて行った。

廊下を歩いていると、突如聞いたことの無い変な音が聞こえる。

怪訝《けげん》そうにOLが顔を上げた瞬間だった。

轟音とともに身体が下から突き上げられるような衝撃、次いでビル全体がものすごい勢いで揺さぶられた。

ビルの中は瞬時にパニック状態となり、あちこちで悲鳴が上がった。ビルの中の人々は机の下に避難したり、壁により寄りかかったりしている。

ビルのよじれはさらにきつくなりきしむ音を立てながら内壁に斜めの亀裂が入ってゆく。窓はゆがんで次々と割れ、ブラインドカーテンが斜めに垂れ下がった。揺れはまだ収まらない。

我に返った人たちは危険を感じ外へ逃れようとする。エレベーターはとっくに動かない。人の波は非常口から非常階段へ。ＯＬも人の渦に巻かれながら下へ向かおうとするが、各階から次々と人が流れ込んで階段はすぐに誰も身動きが取れない状態となった。

そうこうしているうちに、今度は物凄い音とともに外壁が剥がれ落ちて落下した。叫び声と共に何人かが瓦礫《がれき》と一緒に落ちていった。外壁は半分壊れて非常階段はむき出しになった。ＯＬを追い続けていた神谷の身体を通り抜けて何人もが下へ落ちてゆく。

ビルは揺れに耐えきれずとうとう崩壊し始めた。天井のコンクリートも割れ、幾つもの破片が落ちて非常階段の人々の上に直撃した。高層ビルは上半分が下にのしかかり、潰れながらゆっくりと地面にひしゃげていった。ビルにいた人たちはすべて瓦礫に押しつぶされて死んでいく。ＯＬも瓦礫の下で絶叫しながら息絶えた。神谷は言葉もなくその光景を観ていた。

次の扉から飛ばされたのは古代の南米アステカ王国だった。ピラミッド型の神殿で、神官たちが集まって儀式をしている。その最上部にあの女性もいた。ここでの彼女は「捧げもの」で裸にされ、両手足を縛られていた。

アステカでは、太陽神ウィツィロポチトリに生け贄を捧げないと太陽がなくなり暗黒の世界になると信じられていた。その為生きたまま人間の心臓を取り出して太陽に捧げるという残酷な儀式が続けられていたのだ。

石の祭壇に縛り付けられた彼女に、神官は「偉大なる太陽神ウィツィロポチトリに、お供物を捧げ奉る」とうやうやしく挨拶し、捧げ持っていた黒曜石《こくようせき》のナイフを彼女の左乳房の下に突き立てた。

絶叫と共にどす黒い血が何本もの帯となって彼女の白い肌に流れ出す。

神官は生け贄の胸を大きく切り開き、慣れた手つきで大動脈、上大静脈、肺動脈、下大静脈と血管を切ってゆく。その度に血があふれ出し、開かれた胸の空間はどす黒い血の泉となった。彼女はもう息をしなくなっていた。神官は女性の身体からまだ脈動するその血だらけの心臓を掴み出して「神に！」と天に向かって突き出した。周りの者たちは歓喜の声を上げた。

胸の裂け目からまだ流れ出る血潮で、女性の遺体も赤く染まっていった。神谷はそれをただ呆然と見ていることしか出来なかった。

次に扉を抜けた所は見た事もない景色だった。ジャングルみたいだが植物の感じが全く違う。空は紫、別の次元なのだろうか？

彼女は探検隊の服装をしている。観測をしながらノートに色々と書き込む女性隊員。すると突然、暗いジャングルの奥から巨大な怪物が這いずり出て来た。

半透明でピンクのイボを持つカメレオンみたいな奴だ。体長二十メートルはありそうで、足が六本ある見た事もない巨大モンスターだった。

目の前に突然怪物が現れ、驚きのあまり身体が固まってしまう女性隊員。モンスターは大口を開けると胃袋が別の生き物のように口から飛び出して彼女の身体を包み込み、すぐに口の中に縮んでまる飲みしてしまった。女性は怪物の腹で「助けて」と叫びながら暴れていたが、すぐに動かなくなって溶け始めてしまった。神谷はそれをただ観ていた。

ひとつの世界が終わるごとに空に飛ばされ門をくぐる。それを儀式のように繰り返す。気が付けば、彼女は旅客機の中にいた。座席に座って窓から外を眺めている。飛行機の白い翼越しに美しい星明りが見える。神谷は通路にいたが、ここが旅客機の中と分かりすぐに嫌な予感が頭を横切った。

突然、旅客機の進行方向に戦闘機が現れて機銃で撃って来た。旅客機には何の防御装備もない。

機体の大きな揺れで客室は騒然となった。緊急ランプが点滅し天井からクラゲのように酸素マスクが降りて来た。機銃の何発かが機体に当り、左翼のエンジンが火を噴いた。それを見ていた女性は絶叫した。

「もうたくさんだ！　もうやめてくれ!!」

神谷の叫びも空しく、彼女を乗せた機体はバランスを失い急降下しはじめる。きりもみ状態となり数分後に地面に激突し炎上した。乗客全員が亡くなってしまった。

次の地獄は古代ギリシアだった。シチリア島アクラガスのファリオス王は宴の最中だった。

踊りを見ながら酒を飲み、鹿の肉に食らいついている。

「つまらん。他の余興を」

ファリオスが言うと、大広間に真鍮製の雄牛の像が運び込まれた。実物大で胴体の部分に扉がある。牡牛の口の部分には真鍮の管が付いていて中に通っている。

「ペリロスの雄牛でございます」従者が言うと、奴隷女が引きずり出され、雄牛の中に押し込められると外から鍵をかけてしまった。

奴隷はあの女性に違いなかった。

ペリロスの雄牛の下から腹の部分を火で燃やし、火あぶりが始まった。雄牛は焼かれて黄金色に輝き始める。内部は摂氏四百五十度を超える高温となる。

熱せられた像の中で奴隷の女は熱さと呼吸困難で苦しみ暴れ出す。奴隷女の絶叫は、雄牛の頭部にあるトロンボーンのような構造の管を通して外まで響く。苦悶する犠牲者の叫び声は牛の唸り声のような音へ変調されて聞こえるのだった。

ファリオスはそれを聞きながら満足そうに酒を飲んでいる。宴の慰みで人間がオーブンで焼かれて殺されているのだ。

奴隷女の遺骨は取り出されると固くなって宝石のように輝いていた。ファリオスは「これでブレスレットを作れ」と言った。

神谷は空を仰いで「もうやめてくれ！」と叫んだ。

しかし、まだ悲惨な死は終わらない。次に行った地獄は一六九二年のアメリカ合衆国、マサチューセッツ州セイラムの村だった。

一人の女性が両手を縛られて天井から吊るされていた。足には錘が付けられている。

「お前は。魔女だ！」裁判官が尋問する。

「ち、違います」女は弱々しく否定した。

拷問はさらに続けられ、鎖に繋がれたまま真っ赤に焼けた鉄の棒を皮膚に押しあてられたり、無理矢理口にじょうごを入れられて水攻めにされた。最後には舌を抜かれ磔《はりつけ》にされて、見せしめとして晒されながら哀れな女性は息絶えた。

最後の地獄は共同墓地だった。喪服の男たちが棺桶を運んでいる。あの女性はその棺桶に入っていたが、まだ死んでおらず意識があった。

「助けて！　私はまだ死んでいないわ」と言おうとするのだが、声が出ない。体も動かないのだ。

やがて、彼女の入った棺桶はあらかじめ掘っておいた墓穴の中へとロープで降ろされ、神父の礼拝の後、男たちが次々に棺の上に土を掛け始めた。棺の蓋に土の重さがのしかかり、徐々に息が苦しく成る。助けを求めたいのだが、やはり声が出ない。このまま一人真っ暗な土の中で孤独に死んでゆくのかと思うと、もの凄い恐怖と絶望感が彼女の身体を支配し身体中から汗がにじみ出した。棺桶の中の空気は六十分もするとなくなり、彼女は呼吸困難で意識を失い、やがて死亡した。

「何という恐ろしい事だ」

最後の地獄を見届けた後に、また飛ばされて現実の世界に戻った神谷は、家の古いベッドに身体を横たえており、くたくたになって動けなかった。

何時間寝た事だろう。もしかしたら何日だったのか？

目が覚めた神谷は働かない頭で昨晩体験した事を考えていた。まだ身体に彼女の恐怖の叫び声が耳にこびりついている様だ。身体のあちこちが鉛のように重いしまだ震えが止まらない。

「彼女は、こんな壮絶な体験をずっと繰り返していたのか。何とかして助けなきゃ。でも自分に一体何が出来るのか。彼女に触れる事すら出来なかった。いや、まて、絶対何かあるはずだ。彼女とオレの違いは何だ？　あの時同じ空間にいたことは間違いない」

神谷は必死になって考え続けた。

■肉体とともに（六日目）

また同じ日を繰り返すと『佇まり木』に行って彼女と作戦を練る。

「このままだとあなたまで不幸になるわ。もう私にかまわないで」

「でも、もう一度行ってみよう」

「神谷さん。何故私の事を助けようとするの。同情？　哀れみなの？」

「ち、違う。何とか助けたいんだ。キミを何とか救いたい。す、好きなんだ!!」

「自分の言ってる事が解っているの？」

「解っている……つもりだ、それに」

「それに？」

「オレもキミと同じ日を繰り返している。オレもこの世界に囚われている。逃れられないんだ。二人で力を合わせて何とかしないと。もうそれしかないんだ。そこで考えてみたんだ。今夜はキミと同時に飛んでみる」

「たぶん同じことだと思うけど……」

その夜は、神谷は事故の直前に彼女の手を強く握って一緒に飛び込んだ。もの凄い悲鳴が耳をつんざき、彼女は絶命した。そして神谷も恐怖と痛みで絶叫しながら死んでしまった。

■地獄のランデヴー

次に気が付くと二人は空高く雲の世界を漂っていた。死のトラベルが始まったのだ。雲の中に二本の柱があり扉が開いている。女性と神谷は続いてその中に吸い込まれて一緒に同じ状況の体験を苦しむ事になった。

　タイタニック号では神谷は紳士の一人であり、沈没する甲板を彼女とともに転げ落ち、冷たい海に叩き落とされた。漂っている彼女を発見して抱えたとたん二人とも海底深くに沈んでいく。

　倒壊する高層ビルではオフィスの仕事仲間である彼女の手を引いていち早く非常階段に出て駆け降り始めた。だがすぐに崩壊が始まり、身動きが取れない二人に天井のコンクリートが落ちて来て、一緒に潰されて死んでしまった。

　アステカ帝国の祭壇では神谷も奴隷の一人で、彼女を助けようとしたが間に合わず彼女は刃物で胸を刺され死ぬ。神谷の憑依《ひょうい》した奴隷は、儀式を邪魔したため後ろ手に縛られ、神官に祭壇のある頂上から蹴り落とされた。ピラミッド状の長く続く石の階段を転げ落ちながら、神谷は全身を強く打ち続けて地面に落ちるまでの間に絶命した。

　探検隊の目前に現れた巨大なモンスターに襲われると、たちまち彼女も神谷も喰われてしまった。飲み込まれた後も二人ともまだ意識はあったが、消化器官にぎゅうぎゅう締め付けられ動けない。怪物の胃の中で徐々に身体が溶けはじめる痛みと恐怖を感じながら死んだ。

　次の世界では、神谷と彼女は旅客機の座席に仲良く座っていたが、戦闘機の射撃によってエンジンが火を噴き、機体は急降下し地面に激突。乗客全員が即死した。

古代ギリシアでは二人とも金属の牡牛の中に押し込められた。牡牛の像は火で炙られ、中で苦しみ悶えながら焼け死んだ。

セイラムの村では、二人は魔女裁判にかけられた。男も悪魔崇拝者とされた。酷い拷問の末、晒されながら死んだ。

最後は、二人同時に生きたまま共同墓地に埋葬された。暗い土の中で生き埋めにされじわじわと空気がなくなり死んでいった。

そして、すべてが終わった後、日にちはまた巻き戻された。神谷は心身ともに疲れ果てて、死んだようになって自宅のベッドに倒れていた。

■ウムル・アト＝タウィル（七日目）

その夜また『佇まり木』で再会する。二人とも顔色が悪い。

「本当に地獄のように恐ろしい体験だ。オレは今でも泣き叫びたい気持ちなのに、キミは何て冷静なんだ。肝が据わっているというのか、全くすごいよ」

「すごくなんかないわ。泣き叫んだりそんな時期ももうとうの昔に過ぎたという事」

「でも、解ったこともある」

「何？」

「あれから図書館に行って調べたんだ。ウムル・アト＝タウィルは古い神様で「時の門」の支配者という事らしい」

「私も『アブドゥル・アルハザードの墓』の書物を少し解読したときにたしかウムル・アト＝タウィルは〝時の門の支配者〟だと書いてあったわ」

「君はこの恐ろしいループはエインジェル教授に預けられた書物を読んだ事から始まったと言ったね。これはあくまで仮説なんだが、奴は、ウムル・アト＝タウィルはキミの恐怖を食べているんじゃないかな。だからずっとキミに恐怖を与え続けているんだと思う。そうだとすると、その流れを変えなきゃ」

「どうするの？」

「オレに考えがある」

■地獄門

「門があっただろ。あの地獄の体験の前後で」

「ええ、死ぬ度に空中に飛ばされて何度も雲の中にある門をくぐったわ」

「あの門はいったい何なのかをずっと考えていたんだ」

「何か解ったの？」

「門は一つの事件が終わるごとに必ず現れる。キミが体験し続け、オレも昨日体験したのは八つの地獄だが、それぞれ違う世界に入る時にいちいち空にある門を通り抜けて次の世界に落ちるというパターンだ。あれが「時の門」なのだとしたら」

「……」

「キミの体験する世界自身がウムル・アト＝タウィルとかいう奴の身体の消化器官の中で、そこで発生するキミの恐怖を吸収しているんじゃないのかと思うんだ」

「よく解らないわ」

「簡単に言えば、ウムル・アト＝タウィルが巨大ミミズで、ミミズの身体の中の八つの器官で消化されながら押し流されているのがキミだという事だ。そして最後は、頭と尻が繋がっていてループするという」

「やはり逃れられないのね」

「いや、そうとは限らない。この流れを変えるんだ。一緒に行って気が付いた事もある」

「それは何？」

「飛ばされた時に吸い込まれた門の形だよ。観ていて気が付いたんだが、四つ目の門の大きさが他のとは違って比較的幅が狭いんだ」

「それがどうしたのよ」

「門に吸い込まれる時、オレなら門の柱に掴まれるかもしれない。二人でうまく手を繋ぐ事が出来さえすれば……」

「それで」

「手を繋いで、オレが柱を掴めさえすれば、キミの身体を門の外に向けて思いっきり引っ張って振り回す。もし門に吸い込まれなければ次の地獄はないはずだ」

「門の中に入らなければどうなるの？」

「それはやってみなければ解らないが、とにかく今の流れを変える事をやってみよう」

「今夜、オレもまた一緒に行く。これが最後のチャンスだと思ってやる。もうあんな思いは御免だ」

女性の顔は初めて明るくなった。

■流れを変えろ！

『佇まり木』を出て事故現場へと向かい、手を繋いでトラックへ飛び込むと、二人の〝死のトラベル〟がまた始まった。見ていた人は誰もが心中と思うだろう。まさか〝生きるため〟に飛び込んでいるとは思わないはずだ。

恐怖と苦しみが繰り返され何度も意識を失ったが、空中に吹き上げられ雲に四つ目の門が現れた時、神谷は意識が朦朧《もうろう》としている様子の彼女の手をしっかりと握った。暖かかった。

神谷はもう一方の手でエンタシスの石の柱のくぼみに指をかけしっかりと掴んだ。手応えがあった。まだ門の中へは吸い込まれてはいない。

「今だ！」

神谷は思いきり女性の手を引っ張った。

「生きろー!!!」

遠心力で彼女の身体は門の中心から柱を軸にしてぐるりと外へ周った。

神谷はタイミングを測って柱を持っていた方の手を離すと、手を繋いだままの二人は回りながら雲の彼方へと飛んで行った。

■最後の戦い

二人はどこかの暗い石畳へと落ちた。結構な衝撃だったはずだが、不思議と痛みは無かった。真っ暗ではなく薄ぼんやりした光で朧気《おぼろげ》に周りが見える。

「大丈夫か？」

「大丈夫」

二人はゆっくりと立ち上がり辺りを見渡した。古い石組の石室の中だ。

「私、ここを知っているわ」

「え？」

「ここよ。ここが『アルハザードの墓』だわ」

「ここが、そうなのか」

女性はそのまま壁を触りながら奥へ奥へと進みだした。

「どこへ行くんだ」

「この先にアルハザードの石棺があるの、すべてはここから始まった。確かめたいのよ」

二人が落ちてきた石室から十メートル程勾配を下ると広い部屋がある。天井も高くなり圧迫感がない。そこが石棺が安置されている場所だった。この頃には目が慣れてあたりがはっきりと見えるようになる。

「あれよ」

彼女が指さす先に祭壇があり彫刻が施された石の棺が安置されている。

「ここだわ。すべてここから始まった」

女性は息を弾ませていた。

石棺の横にはアラビアンナイトに出てきそうなランプがあり、書物らしきものも安置されている。

「これが言っていた本じゃないか？」

「そうよ。これよ、これだわ!!」

「そうなのか！」神谷も興奮している。

「何故こんな事になったのか、答えはこの中にあるはずよ！」

彼女はその古びた大きな本を持ち上げると躊躇なくアルハザードの石棺の上に乗せて中を開いて読みだした。

すると突然、目の前の空間が歪み、雷のような轟音や稲光と共に雲のようなものが沸いて現れ出した。そして、その中から邪神が姿を現した。身の丈三メートル近くもあるだろうか。修道士のようなフードが付いた濃い赤紫の衣装を身まとい、杖を持ち、首からは銀色の鍵をぶら下げている。フードから覗く皮膚は緑色で鱗の様にごつごつとしている。頭髪が金色、顔は面長でハシビロコウに似ている。口の辺りから黄色いくちばしのようなものが生えており、目が炎になって真っ赤に燃え盛っていた。

驚く二人に怪物は告げる。

「我が名はウムル・アト＝タウィル、時の門の支配者、そして地獄の門番なり」

言葉は耳ではなく直接二人の脳に届いている。テレパシーだ。

「出たな。こいつが元凶なのか!!」

神谷は出現した邪神にそこいらにあるものを片端から投げつけたが全く動じない。

ウムル・アト＝タウィルが杖を一振りすると、神谷の身体は木の葉のように石の壁に吹っ飛んでしまい、彼女の足元に転げ落ちた。

「畜生め。全然効かないぞー」

彼女はお構いなしに本に集中して頁を捲《めく》っている。

神谷は起き上がり、再び邪神に向かって突撃しようとしたが嵐のような風に巻き込まれ一向に前に出られない。

「くそー！　何とか、ならないのか」

「待って！　今、探しているの。答えはきっと書いてあるはずなの」

と言っている間に、神谷はまたふっ飛ばされて壁に激突。女性の足元に転がり再び「うーん」と唸り声をあげる。

「解ったわ!!」

荒れ狂う嵐の中で叫ぶ女性。

「何だって？」神谷は風の音で聞こえずに聞き返した。

「この本は『ネクロノミコン《魔道書》』だったのよ」

「で、どうすればいいんだ！」

「見つけた!!　ここだわ!」

　女性は、向かい風を受けながらそのページを大きな声で読み始めた。

「古ぶるしきものよ、限りなくなき空虚の時の門の番人よ。ヨグ＝ソトースの従者にして偉大なる旧支配者よ。そなたの怒りは祈りの言葉によって清められ、今ここに鎮魂《ちんこん》致さんとする。〝時の門〟よ、静かに閉じたまへ」

　祝詞《のりと》のようなものを唱えると、不思議な事に嵐と轟音はピタリと止んだ。

　邪神ウムル・アト＝タウィルは、フードの中から覗く目を真っ赤に燃え上がらせながら
「いにしえの約束に従い、〝時の門〟は閉じられた」

と言って燃える目をゆっくり閉じた。

「今よ!!　早く!」

　彼女が叫ぶ。

「早くって、何を?」

「本を、この本をあいつに投げるのよ!」

「よし、分かった!!」

　神谷は石棺の上の本を思い切り掴むと、残った力を振り絞ってウムル・アト＝タウィルに向かって投げつけた。

　本はゆっくりと弧を描き「時の門の支配者」の身体に当たったかと思うと、雷のような轟音

や稲妻とともに邪神も本も悠久の彼方へと消えた。それと同時に大きな門が現れたがそれも閉じられてすぐに消えてしまった。

薄暗い墓は静寂が戻り、神谷と女性の二人だけが残った。

神谷は女性の身体を強く抱いた。彼女の身体は小さく小刻みに震えていた。

「終わったようだ」

「ありがとう。あなたのおかげで地獄は去ったわ。これで、やっと元の世界に戻れる」

彼女は神谷に礼を言い、ちゃんと目を見つめて初めて笑顔を見せた。晴れやかな美しい笑顔だった。

「すぐにこの世界も閉ざされるわ」

「また逢えるのかな」と神谷が聞くと、

「解らない。でも、もし元の世界に『佇まり木』があったら。私はそこに居るわ」

そう言い遺すと、彼女の姿は神谷の腕をすり抜け、薄ぼんやりとなってゆっくりと消えてしまった。

独り立ち尽くす神谷。腕にはまだ彼女の温もりが残っている。気力をすべて出し切った彼はすぐに意識を失いその場に倒れ込んだ。そして、その姿もまた薄らいでその世界から消えてしまった。

## ■結末

神谷が気が付くと、家のベッドの上だった。念のため電話で時報を聞くと十月二十九日。また同じあの日に戻っている。

「彼女を助けられたのか、な？」

そう言えば、彼女の名前をまだ聞いていなかった。

今夜また、あの『佇まり木』に行ってみよう。

この世界にも『佇まり木』があればの話だが。

# もう一つの神器

岬 士郎

大手建設会社に入社して四年目の佐々木麻美《ささきあさみ》は、本社経理部で数字を相手に単調な日々を過ごしていた。容姿は悪くないと自負しているが、恋人は未だにおらず、このままでは結婚もできずに経理部のお局様と化してしまうのでは、と悩む始末である。

ビル街を見下ろす夕空にうろこ雲が広がっていた。街には活気があるが、この秋空がもの寂しい。まるで麻美の心を映しているかのようだ。

「大丈夫だって。麻美はかわいいし、性格もいいんだから、恋人なんてそのうちにできるよ」

定時退勤で本社社屋を出るなり、横を歩く伊藤鈴音《いとうすずね》が言った。最近では、一日に一度はこれを口にしている。今回の場合は、麻美の表情を見て言ったらしい。

行き交う人々の目を気にしつつ、麻美は反駁《はんばく》する。

「ちょっと鈴音、あんまり大きな声で言わないでよ。まだ会社の近くなんだよ。誰に聞かれているかわからないじゃない」

鈴音は麻美の同期であり、同じ部署に在籍している。単なる仕事仲間ではなく、友としてかけがえのない存在だ。しかし、こういった配慮に欠ける言動が多い。確かに、性格なら鈴音よりも麻美のほうがよいだろう。

歩きながら鈴音は振り向いた。

「後方、異常なし」言って鈴音は向き直った。「麻美の宿敵の姿はないよ」

「だから、やめてってば」

「ごめん」と鈴音はすぐに謝罪した。さすがに自責の念に駆られたのだろう。常にこうであってほしい、と麻美は願う。鈴音にはこれで恋人がいるのだから、世の中とは理不尽なものだ。もっとも、麻美はそのできたばかりだという恋人とは面識がなく、名前も知らず、写真さえ見ていない。眉目秀麗《びもくしゅうれい》でないことを願う自分が、なんとも浅ましく思えた。鈴音はひけらかすのを避けているようだが、そんな気遣いが麻美には心苦しかった。

剣呑《けんのん》な雰囲気になるのを避けるためにも、麻美は「もういいよ。気にしないで」と言った。

「違うんだよ」

返ってきた言葉の意味がわからず、麻美は鈴音の顔を見た。

鈴音は進行方向から目を離さずに「宿敵がいたの。しかも時田さんも一緒に」と言った。

その視線をたどって、麻美は歩道の先に目を向ける。

後ろ姿だが、知っている人物が二人、並んで歩いていた。スーツ姿の男とスカートスーツ姿の女は、どちらもビジネスショルダーバッグを肩にかけていた。かわいらしさばかりを強調した小さなショルダーバッグや、カジュアルジャケットにスカート——という今すぐにでも遊びに行けそうな姿の自分たちとは、まるで異なる人種に思えた。それが、時田孝司《ときたこうじ》と須藤摩耶《すどうまや》だ。

「須藤さんってば、これみよがしじゃん。帰りも時田さんと一緒だなんて」

今度ばかりは鈴音も小声にせざるをえなかったようだ。

「時田さんも須藤さんも企画部だもの、二人がそろって帰ったって不思議じゃないよ」

そう口にしたものの、負け惜しみであると自覚した。

須藤摩耶も麻美とは同期だが、時田孝司は麻美の二年先輩である。麻美と時田とは部署の違いもあり、傍から見れば接点はなさそうだが、多少の面識はあった。

麻美たちが入社したときの新人歓迎会の幹事が時田だった。酒に弱い麻美が泥酔し、それを介抱したうえでタクシーで麻美のアパートまで送ってくれたのが時田なのだ。以来、顔を会わせれば世間話程度は交わす間柄である。もっとも、麻美にしてみれば、そんな間柄で終わらせたくない、という心持ちなのだが――。

一方で、摩耶が時田に思いを寄せているのは、誰が見てもそうと知れた。時田にその気があるのか否かは窺えないが、摩耶の態度は露骨であり、自分こそが時田の恋人にふさわしい、と言わんばかりだった。

摩耶は麻美が認めるほどの美人であり、つやがあるストレートの長い黒髪は同性でも引き込まれてしまいそうだ。麻美が髪を肩より下に伸ばさないのは、摩耶と髪型を同じにしてまで点数を稼ぐのが嫌だったからである。麻美よりも髪の短い鈴音に至っては、摩耶と違う髪型でよかった、という思いを麻美に漏らしたほどだ。

また、摩耶は容姿端麗というだけではなく、企画部の仕事で常に手腕を振るっていた。指示されるままにキーボードを叩く麻美とは異なり、日々、時田とともに成果を上げている。

「使う駅がわたしたちと同じだから、駅までずっとこんな感じだよ」腹立たしそうに鈴音は吐き捨てた。「少しペースを落とそうよ」

「そこまですることないって」

鈴音の誘いに従いたいのは事実だが、自分の卑屈さが露呈しそうで怖かった。思わず、うつむき加減になってしまう。

「あら」と声がした。

顔を上げれば、摩耶が足を止めて振り向いていた。時田も彼女に会わせて立ち止まり、こちらに顔を向ける。

「なんだ、君たちもいたのか」

時田がほほえんだ。

「あ……はい」鈴音が頷いた。「珍しいですよね、時田さんたちが定時で退勤だなんて」

「まだ退勤じゃないわよ。わたしたち、これから下請けに行って打ち合わせをするの」

摩耶が誇らしげな顔で言った。週末にもかかわらず、残業での出張なのだ。週のほとんどを定時で退勤している自分たちとはわけが違う。

「そうだったんだ」

苦笑した鈴音は、自分の口舌《こうぜつ》のうかつさを悔いているらしい。

「時田さん」摩耶が時田を見た。「電車じゃ遅れるかもしれませんよ」

「そうだな、タクシーで直行したほうがいいかもしれない」

時田が言うと、摩耶は内ポケットからスマートフォンを取り出した。そして彼女はその画面を操作する。

「一分でここに来ることができるようです」

摩耶は時田にそう伝えた。アプリでチェックしたらしい。

「じゃあ、頼んでくれないか？」

「はい」と首肯した摩耶が、画面をタップした。

「じゃあ、わたしたちはこれで。お仕事、頑張ってください」

辞去する旨を口にして、麻美は鈴音に目配せした。

鈴音は無言で頷いた。

「君たちも一緒に乗りなよ。駅の前を通るから、そこで降りればいい」

時田が誘いを口にした瞬間、わずかだが摩耶が嫌悪の表情を浮かべた。時田も鈴音も気づかなかったようだが、麻美はそれを目にした。

「いいえ」麻美はすぐに返す。「寄りたいところがあるんで、わたしたちは歩いていきます」

無論、寄りたいところがある、など出任せだ。駅までは直行の予定である。

「そうなの？　残念ね」

言葉とは裏腹の笑みをたたえて、摩耶はスマートフォンを内ポケットに戻した。

「わかった。じゃあ、お疲れ様」

気分を害したふうでもなく、時田は麻美たちに向かって片手を上げた。

麻美と鈴音は会釈し、その場をあとにした。

「ねえ、麻美」しばらくすると、鈴音が歩きながら口を開いた。「時田さんのことは、もう諦めたほうがいいよ。ほかにいい人、絶対に見つかるから」

意外だった。どう返せばよいのかわからず、麻美は鈴音の言葉に耳を傾ける。

「須藤さんの存在っていうのもあるけど、時田さんには噂があるじゃない」

その噂は麻美も知っていた。時田の女癖の悪さである。だが、自分が時田と釣り合わないことも、承知していた。

「そうかもね」

憂鬱さを払拭できないまま、麻美は歩き続けた。

そのアパートは瀟洒《しょうしゃ》な外観にたがわず、全面がフローリングであり、１ＬＤＫの間取りは清楚なデザインだった。しかも、独り暮らしには十分なスペースである。問題は職場から遠いことだ。電車を二度も乗り継ぐ路程であり、通勤には片道だけでも一時間を要する。職場に近いオートロックつきマンションのほうがよいのだが、いかんせん、その物件は家賃が高かった。

中央エントランスから階段を上がり、二階ホールに面したドアの一つの前に立った。今の麻美にとって唯一の安息の場所――麻美の我が家である。

ジャケットのポケットから鍵を取り出しながら、麻美は「はあ」とため息を落とした。夕食はアパートの近くのファミリーレストランで済ませたが、一人での食事だった。恋人のいる鈴音をこの週末に夕食に誘うなど、ためらわれたのだ。いつものことだが、自分だけが取り残されている、という寂寥感《せきりょうかん》は否めない。

腕時計を見ると午後七時四十分だった。熱いシャワーを浴びたら、録画しておいたBSの韓流ドラマでも見よう。

解錠してドアを開け、中に入って玄関の照明を点けた。

ドアのロックを確認した麻美は、足元を見下ろして眉を寄せた。

三和土《たたき》に一足のウォーキングシューズがあった。きちんとそろえてあるそれは、間違いなく麻美のシューズだ。しかし、今朝の出勤時には、そこには何もなかったはずである。

自分で出しておいてそのまま忘れてしまった、としか考えられない。不審に思いながらも、麻美はそのウォーキングシューズを取り、シューズボックスを開けた。しかし、その最上段にはすでにウォーキングシューズが収まっている。麻美が手にしているシューズと同じものだ。

シューズボックスを閉じ、手にしているウォーキングシューズを先ほどのように三和土に置いた。狐につままれた感じとは、このような状況を言うのだろうか――。休日の外出などに履くお気に入りのシューズだが、予備を購入した覚えはない。

麻美は首を傾げ、靴を脱いでリビングへと向かった。

玄関からの明かりを頼りに照明のスイッチを入れると、八帖ほどのリビングが柔らかな光に包まれた。その奥の壁際に、何かが――否、誰かが立っていた。フードつきのパーカーを着た何者かだ。フードを深くかぶっており、顔は口元しか窺《うかが》えない。ボトムはジーンズだった。

「ひっ！」と声を上げ、麻美はあとずさった。

パーカーの何者かが、麻美に向かって素早く突進した。

出口は玄関だけだ。脱出するために身を翻《ひるがえ》そうとしたが、それよりも先に、侵入者が麻美の両肩を押さえ込んだ。

「騒がないで、何もしないから」

麻美を押さえ込みながら、侵入者は告げた。女のようだ。

麻美は口をつぐんだ。その女の指図に従った、というより、硬直して声が出ないだけだった。

「わたしの言うことを、落ち着いて聞いて」

聞いたことがある声だ。思い出せないが、身近な人物の声であるような気がした。

「わかった……おとなしくする」

麻美がそう答えると、女は両手を麻美の肩から離した。

女は「ありがとう」と返し、片手でおもむろにフードをまくった。

そこにあったのは、麻美の顔だった。

「あなたは……」声が震えてしまった「あなたは、誰なの？」

「なんと答えればいいのか」

神妙な面持ちの女——麻美と同じ顔の女は、ゆっくりとパーカーを脱ぎ、それをソファの背もたれにかけた。まるで自分の家でするかのような所作だ。パーカーの下は白いブラウスだが、そのブラウスもパーカーもジーンズも、麻美の所有しているものと似ていた。

「わたしも、佐々木麻美なの」

ほかに答えようがない、といった表情だ。その声が自分の声と同じである事実に、麻美はようやく気づいた。

「だって、佐々木麻美は、このわたしよ」

口にしてから不安になり、電話機の横の卓上ミラーを覗き込んだ。そこに映っているのは、いつもの自分である。それは当然の結果だが、ならば、佐々木麻美が二人いるということだ。

鏡から目を逸らして、麻美は首を横に振る。

「意味がわからない。どうしてわたしが二人いるの？」

「簡単に言えば、わたしはもう一つの世界から来たもう一人の佐々木麻美、ということ。だから、佐々木麻美がここに二人いるの」

「簡単すぎて、わからないよ」

率直な意見だったが、もう一人の麻美は悩ましげに右手で自分のこめかみを押さえた。

「難しいことはわたしにも説明できないけど」もう一人の麻美は右手を下ろし、麻美に顔を向けた。「とにかく、ここととそっくりなもう一つの宇宙があって、そこにはここととほぼ同じの太陽系があって、ほぼ同じの地球があって……えーと……」

「ほぼ同じの日本があって、ほぼ同じのわたし……あなたがいる。つまり、ＳＦなんかでよくあるパラレルワールド、っていうやつ？」

麻美が確認すると、もう一人の麻美は「うん」と頷いた。

「そういう理屈がある、というのはわかるけど、でも、すぐには信じられない」

麻美は言った。架空の世界ならパラレルワールドで通るが、ここは現実の世界である。しかも、そんな世界が発見された、などの報告は人類史上のどこにもない。もう一つの世界は実在する、とここで急に言われても、信じることなど、一介の会社員にできるはずがないのだ。

「信じられないのはわかるよ。あなたの性格は、わたしが一番よく知っているんだもの」

そんな弁明を受けて、麻美は眉を寄せた。

「パラレルワールドって何かが少しだけ違うんだよね？　なら、わたしとあなたにだって違うところがあるんでしょう？　性格が同じとは限らない」

同じ顔でも不審な人物には違いない。ゆえに、性格までが同じなのは嫌だった。

「たぶん、わたしたちの違いって、そんなに多くないよ。だって、この部屋の様子……家具の配置とか、ほら、テレビのメーカーだって同じ」

テーブルの向こうにあるテレビを一瞥《いちべつ》して、もう一人の麻美は言った。

「向こうの世界でも」麻美は尋ねてみる。「あなたはこのアパートに住んでいるの？」

「そうだよ。会社も同じね。経理部で働いている」

「どうせ、わたしに関する情報をどうにかして入手したんでしょう？　だから、わたしが経理部で働いている、っていうことを知っている。あなたの日常をわたしは知らないし、だからあなたは、いくらだって適当なことを言える。顔が似ているだけでは、パラレルワールドが実在するという証拠にはならない。その着ているものだって、わたしのなんじゃないの？」

麻美はすぐに寝室へと赴《おもむ》き、クローゼットやタンスを確認した。しかし、パーカーもブラウスもジーンズも、取られたと思われた衣類はすべて収納されているではないか。しかたなくリビングに戻り、憮然《ぶぜん》としてもう一人の麻美と対峙する。

「こちらの世界のことを調べたのは事実だけど」もう一人の麻美は言った。「あなたの状況とわたしの状況とがほぼ符合するのも、事実なの」

らちが明かない――そう感じ、麻美は話を仕切り直す。

「仮に、もう一つの世界があって、そこからあなたが来た……とするよ。なら、なぜ、あなたはこちらの世界に来たの？　その理由と、どうすればこちらの世界に来ることができるのか、それを教えてちょうだい」

「時間があまりないの。あるものをわたしに渡してくれたら、説明する。この地球が……人類が危機にさらされているんだよ。早くなんとかしないと――」

「だめよ」麻美はもう一人の麻美の言葉にかぶせた。「あるもの、っていうのが何かはわからないけど、ちゃんと説明してくれなければ、あなたの要求には応えられない。それに、人類の危機だなんて……そんな突拍子もないことを言われたら、こっちは引いちゃうよ」

「本当に、あなたはわたしだわ」

あきれたように、もう一人の麻美はこぼした。


テーブルを挟んで、二人の麻美はソファに腰を下ろした。時間がないというのであれば、飲み物は必要ないだろう。念のために訊いてみれば、「もちろん、いらないよ」と返された。

「わたしたちのおじいちゃん……佐々木五郎ってわかるよね？」

もう一人の麻美が尋ねた。

「わかるよ。……というか、わたしたち、ってねえ」

「同じ麻美だもの、いいじゃない。それにどちらの世界でも、佐々木麻美の父方の祖父は佐々木五郎なんだよ」

「佐々木五郎……おじいちゃんが同じなのも、わかったよ。というより、わかったことにする。でもね、わたしはあなたをなんて呼べばいいの？　麻美、って呼ばなきゃだめなの？」

「だってさ、同じ佐々木麻美なんだよ。麻美って呼んでよ」

「嫌だよ。気持ち悪い」

初対面の相手に本音をぶつけることは、これまでにあまりなかった。相手をもう一人の自分と認めてしまったのだろうか――否、認めたくないからこそ、自分の名前で呼びたくないのである。顔を見るのも気分が悪い。

「もう……本当に自分の性格が嫌いだわ」と言って、もう一人の麻美はため息をついた。性格も同じ、ということを強調しているらしい。

「じゃあさ」麻美は提案してみる。「あなたを、アサ、って呼んでもいい？　子供の頃、仲よしの女の子が、わたしをそう呼んでいたじゃない。向こうの世界とやらでは、そうじゃなかったのかな？」

小学校から中学校まで同じ学校に通っていた少女が、麻美をそう呼んでいたのだ。

「アサ……ああ、よっちゃんにそう呼ばれていたね。なら、アサでいいよ。とにかく、話を元に戻す」

もう一人の麻美――アサに諭され、麻美は黙して首肯した。麻美を「アサ」と呼んでいたのは、確かに「よっちゃん」というあだ名の少女である。鎌をかけたつもりだったが、自分が動揺してしまった。

「じゃあ、話すよ」アサは一度だけ深呼吸をし、遠い目をした。「こちらの世界でも同じだと思うけど、おじいちゃんは大学で古文書学の講師を務めていた。引退してからも、古文書の研究を続けているわ」

「ちょっと待って。今、続けている、って言ったよね？」

「あなたの疑問は、わかるよ。こちらの世界では、おじいちゃんは死んでいる」

父方の祖父である佐々木五郎は、三年前に脳梗塞で他界した。その妻の由美――麻美の祖母を早くにして亡くした彼は、麻美の両親と同居していたが、引退後も古文書の研究を続けていた。しかしある朝、自室で倒れているのを麻美の母によって発見されたのだ。すでに手遅れだった。享年七十三歳だった。

「向こうの世界ではね」アサは言った。「おばあちゃん……佐々木由美はこっちと同じくもういないんだけど、佐々木五郎……おじいちゃんはまだ元気だよ。今は七十六歳」

大好きだった祖父が向こうの世界では生きている――それを知って、麻美の胸は高鳴った。

「ねえ、わたしが向こうの世界へ行くことも、できるの？」

信じてみたい、という気持ちになっている自分に、麻美は気づいた。

「待って」アサの表情が引き締まった。「もうこれ以上は脱線できないよ。人類の危機以前に、あなたの知っている人の命が奪われるかもしれないんだから」

麻美は「知っている人……」と声を漏らし、口を結ぶ。

「続ける」アサは言った。「半年ほど前、お父さんとお母さんが不在のとき、おじいちゃんの元に一人の男性が訪ねてきたの。私服の刑事……警視庁捜査一課の刑事だった」

「警視庁捜査一課って、殺人とか強盗とか凶悪犯罪なんかを担当している部署だよね？」

「そうよ。とある失踪事件を所轄の警察署が捜査していたんだけど、誘拐事件の可能性がある、ということで、警視庁捜査一課に捜査が委ねられたの。それで、捜査一課が捜査を進めていると、一つのカルト教団の存在が浮かび上がった。ところがその教団はすでに解散していて、その代わり、一人の元信者が失踪事件に関与しているらしい、という情報が入ってきた。そして、解散した教団が邪神を崇拝していた、ということがわかった。もちろん、捜査一課の刑事たちは邪神なんて信じていない。でも捜査を進めるうちに、怪しい情報ばかり集まってきたの。そのうち、捜査一課は別の元信者から一冊の古文書を押収することができた。教団にとっては聖書のような本。でも、さすがに警察だけでは、その古文書の解読は不可能だった」

「だから捜査一課は、おじいちゃんに古文書の解読の依頼を？」

「そうよ」アサは頷いた。「ただし、捜査一課が何をつかんでいるのか、それを教えてもらうのが、おじいちゃんの出した、依頼を引き受けるための条件……だったの。当然、本来なら捜査内容なんて教えてもらえないんだけど、捜査一課も背に腹は代えられなかったんだね」

「捜査一課も捜査一課だけど、おじいちゃんも神経が太いというか……それより、おじいちゃんって、邪神とか邪教徒とか邪教集団とか、興味あったかなあ……」

「古文書に記されていることのどこまでが事実なんだか、それを知りたかったみたい。で、事件の成り行きを知ったおじいちゃんは、警察では対処できない事件、と考えて、警察にもわたしの両親にも内緒で、わたしに協力を依頼してきたの」

「なんで、おじいちゃんはわたし……というか、アサに依頼したの？」

「理由はあるよ。第一に、若いわたしのほうがおじいちゃんよりも行動力があるから。第二に、おじいちゃんはわたしを信用してくれているから。第三に、失踪事件に関与していると見られた元信者というのが、わたしが勤めている会社の社員だったから……時田孝司よ」

「え……」と麻美は声を詰まらせた。七十歳を超えた五郎よりも自分のほうが行動的なのは理解できるが、憧れの的である時田がそんな事件に関与していたなど、どうして信じられよう。

「時田さんがそんなことをするはずがないよ。せいぜい、女癖が悪いという噂……」

言葉尻が曖昧になってしまったが、麻美が何を言おうとしたのか、アサは知っているらしく、何度も頷いた。

「その噂は事実よ。時田孝司は生け贄を見つけるために何人もの女性と付き合った。そして、性格とか体臭とか年齢とかいろいろと……生け贄の条件に合う女性、とわかると、儀式の場に連れ去り、邪神に捧げた。長い眠りについている邪神を目覚めさせるための儀式よ」

「邪神……」麻美は声を潜めた「それって、実在するの？」

「ええ。パラレルワールドが実在するようにね」

アサの答えを受けて、麻美は口を閉ざした。信じるのは難しいが、否定してばかりでは話が進まない。ゆえに麻美は、「話を続けて」とアサを促した。

頷いたアサが、口を開く。

「向こうの世界では、すでに十三人の女性が犠牲になっている。何年もかけて、ゆっくりと、邪神を復活させる企みは進められてきたの。クン・ヤンの最果ての沼に眠るその邪神をよみがえらせて、地球上のすべてを破滅へと導く……それが時田の、恐ろしい野望なのよ」

喜怒哀楽を押し殺した面持ちだった。真実か否かは別としても、アサがうそをついているようには思えない。「クン・ヤン」が地名であるのはなんとなくわかるが、位置などの詳細を知っても意味はなさそうだ。

ふと思い、麻美は尋ねる。

「その儀式って、こちらの世界でも向こうの世界でも、同じように執り行われてきたの？」

「そうだよ。どちらの世界でも、時田孝司が同じように実行してきた」

「なら、二つの世界で同時に邪神が復活するわけね」

「そうなんだけど、実は……向こうの世界とこちらの世界とでは、儀式の進行にずれが生じているの。向こうの世界では生け贄は必要なだけ捧げられたけど、こちらの世界では、最後の一人がまだ生け贄にされていない」

「向こうでは間もなく邪神が復活するけど、こちら側はまだ大丈夫、ということなのかな？」

「大丈夫、っていうのは安易な考えだけど、向こうでも、邪神はまだ復活できないの」

「もしかして、こちらの世界での儀式が終了していないから？」

「そうよ。どちらの世界の時田もね、もう一つの世界……並行世界が実在していることを知らないの。向こうの世界の時田は、生け贄を……十三人の女性を捧げたのに邪神が復活しなくて、かなり焦っているわ。一方、こちら側の時田も、儀式が遅れて焦っている。こちら側の彼にとっての最後のチャンスは、星の力を有効に使える時刻……今日の午後八時半。今回の儀式が失敗すれば、今までの儀式で得られた効力はリセットされて、邪神は復活できない」

　麻美は腕時計を見た。午後八時半まで、あと三十分弱だ。

「こちらの世界と向こうの世界とで……」アサは続けた。「おじいちゃんのように一方が死んじゃっている場合もあるけど、生きているものの存在はほぼ連動している。でも、意識は別々なのよ。つまり、あなたとわたし、佐々木麻美という人間が双方の世界に存在するけど、知ってのとおり、意識はそれぞれの個体に独立して存在している。でもその邪神は、二つの世界のそれぞれに体があっても、意識は一つなの。そういう理由があるからと、おじいちゃんはその邪神を、特異点ゼロワン、って呼んでいる。邪神か別の何かは問わず特異点がほかにも存在する可能性があるから、一番目に確認された特異点、ということなの。略して、ゼロワン」

「なんだかよくわからないけど、ゼロワンは特異点だから二つの体に一つの魂……なのね？」

「そういうことよ。だから、こちらの世界の儀式が完遂されるまでは、どちらの世界でもゼロワンは復活できない」

「それを阻止するためとはいえ、孫のアサをこちらの世界に来させるなんて……おじいちゃんって、ひどくない？」

「へたをすれば人類が滅亡しちゃんだよ。こちらの世界の警察が時田の陰謀をどこまで探り当てたのか、残念だけどそれはわからなかった。どのみち、邪神を信じていない警察が事件の真相をつかむなんて無理なのよ。だから、わたしがどうにかしなくちゃいけないの」

　アサの真剣な訴えは伝わった。ゆえに、麻美は問う。

「滅亡だの破滅だの、って言うけど、ゼロワンってそんなにすごいの？」

「ゼロワンはとても巨大で、その肉体が損壊してもすぐに再生するし、強い放射能にも耐えられるんだって。核兵器での攻撃も無意味なわけ。しかも、ゼロワンが復活すれば、そのゼロワンの力によって、ゼロワンの主や、仲間である数多くの怪物も、次々に復活するそうなの」

「ゼロワンには主がいるの？　もっとすごいやつ？」

「もっとすごいみたいだね。ゼロワンよりも大きくて、もっと強くて……でも今は、ニュージーランドと南米大陸との中間付近の海底で、ゼロワンのように眠りについているらしい」

「またしても本当に悪いんだけど、なんだかよくわからない」

「とにかく、そいつらが次々と復活したら、人類は滅亡するしかないわけ。それを阻止するため……というか、儀式を阻止するためには、あるものが必要で……」

アサは言いさし、ソファの背もたれにかけたパーカーの内ポケットから、小さなハンドバッグを取り出した。そのハンドバッグの中をまさぐりつつ、アサは口を開く。

「そういえば……こちら側でわたしのスマホが使えるかどうか、それを試したかったんだけど、あなたのスマホが誤認識される可能性があるから、やめておいたよ。迷惑はかけたくない」

今の状況でも十分に迷惑だが、麻美はそれを吐露《とろ》しなかった。

アサはハンドバッグから茶色の小さな巾着を取り出すと、ハンドバッグをテーブルに置き、手にした巾着の中から一つの楕円体を取り出した。卵を細長くしたような十センチ弱のそれは、石で作られた工芸品——のようにも見えるが、灰白色でつやがある表面には、模様も文字もなかった。

テーブルに置かれたハンドバッグの開いた口から、スマートフォンが垣間見えた。型も色も麻美のスマートフォンと同じようだ。もっとも、ハンドバッグ自体は麻美が持っていないものである。少なくともこのバッグに関しては、違いがあったわけだ。

テーブルからアサの手元に視線を戻した麻美は、楕円体と巾着を凝視して、ふと、思い出す。

「それ、わたしも持っている」

「よかった。持っていなかったら、すべては水の泡だったね」

ならば最初に確認するべきではないか、と思えるが、順を追って話すように要求したのは麻美なのだから、文句は言えない。

ソファに置いていた自分のショルダーバッグに手を入れた麻美は、アサのものと同じ巾着をそこから取り出した。ずっしりとした手応えがあった。

「これよ。お守りにしているんだ。めったに出さないいんだけど」

麻美は言いながら、巾着と、その巾着から取り出した楕円体とを、テーブルの上に置いた。

「確かに、中身も巾着もわたしのと同じだ」アサは言った。「それに、お守りにしているっていうのも、同じだね。言うまでもないけど、この中身……石のほうが大事なものなんだ」

「この石が何かの役に立つの？」

「そうだよ。これの力のおかげで、わたしはこの世界に来ることができた。向こう側のわたしの部屋……というか玄関の中から、一気にここの玄関の中に移動したんだよ。玄関の鍵も同じのを持っているから、移動先を玄関の外にしてドアを開けて中に入る、ということもできるんだけど、ぽん、って急に現れるんだもの、その瞬間をほかの人に見られたら大変でしょう？」

アサのそんな言葉を耳にした麻美は、テーブルの上の楕円体を見下ろした。こんな小さな物体にそのような力が秘められていたなど、知る由もなかった。

「じゃあやっぱり、玄関に置いてあったシューズは、アサの……だよね？」

尋ねるまでもないが、明確にしておきたかった。

「土足で上がるわけにはいかないし」アサは答えると、テーブルの上に視線を戻した。「これ、麻美もおじいちゃんからもらったんだよね？」

「うん、大学の入学祝いだった。古くていいものだ、って言われたけど、なんだかよくわからなかったな。それでも、おじいちゃんがくれたものだし、大切にしていたの」

「だよね」アサは首肯した。「おじいちゃんは昔、別の古文書……警察から預かったのとは別の古文書の中に、空間を突破するための神器がとある山の頂上にいくつもの品とともに埋められている、と書いてあるのを見て、さっそく現地を調査したんだって。それでこれを見つけて、いただいたらしいの」

麻美の知らない話だった。

「それって、いけないことじゃん」

「たぶんね。だからなのか、壺だの皿だのといった、掘り出したほかの土器や石器はすぐに埋め戻して、これだけを持ってきたんだってさ。神の石に弾丸の弾と書いて、神石弾……おじいちゃんはそう呼んでいる。その古文書には、同世界内だけではなく異世界にも瞬時に移動できる神器、と記されているわ。そして、記されている内容のすべてが、事実だった」

「ふーん」とうなって、麻美はテーブルの上の楕円体――自分の神石弾をつまみ上げた。「この神石弾をどのようにすれば、瞬間移動できるんだろう？」

「ねえ、麻美」

改めて名前で呼ばれて、麻美は息を呑んだ。

「それ」アサは麻美の手にある神石弾を見た。「わたしに譲ってくれない？」

お守りにするほど大切なものなのだ。麻美の心は揺らぐ。

「これがほしくて、ここに寄ったの？」

「うん」アサは頷いた。「これが二つ必要なんだよ。山の頂上に二つ埋められていたはずなんだけど、一つしか掘り出せなかったんだって。だから……」

「こちらの世界にある神石弾を……わたしの神石弾を、使いたいんだね？」

「そう。この二つを使って儀式の完遂を阻止するのよ」

「その儀式ってどこで執り行われているの？」

「時田孝司のマンション……都心のタワーマンションよ。彼の部屋か、マンションの地下室」

「マンションの地下？」

「時田孝司は財界の重鎮の御曹司なの。高級マンションに住んでいるだけじゃなく、その地下室まで買い上げている」

麻美は時田がどこでどんな暮らしをしているのか、何も知らなかった。それなのに、アサは概《おおむ》ね把握している。疑念は尽きず、麻美は問う。

「向こうの世界のことやこちらの世界のことを、アサはどうやって知ったの？」

「なんでかんでも知っている、っていうわけじゃないけど、実際に調査してくれたのは、おじいちゃんなんだ。おじいちゃんはね、ゼロワンの一族とは異なる邪神が複数存在することを、警察から預かった古文書で知ったの。いろいろと調査するために、ゼロワンの一族とは異なる邪神たち……その一柱に、おじいちゃんは力を借りたのよ。おじいちゃんはそのおかげで、もう一つの世界が存在しているのを知ったの。もちろん、もう一つの世界のことは、わたし以外の誰にも……警察にもわたしの両親にも伝えていないけどね」

「まさかおじいちゃんは、ゼロワンの一族とは異なる邪神、っていうやつを崇拝して——」

「それ、譲ってくれるよね？」

麻美の言葉は無視された。力のこもった瞳で問われ、麻美は考え、そして口を開く。

「神石弾って、一度に何人の人間を転送させることができるの？」

　麻美は着替えをせずにスマートフォンと財布と部屋の鍵をジャケットのポケットに入れると、それ以外の荷物は持たず、玄関で靴を履いた。麻美の横では、シューズを履いたアサが、パーカーを羽織る。そのアサが、右手に持つ神石弾を自分の目の高さに掲げた。アサが手にするのは彼女自身が所持していた神石弾だ。麻美が譲った神石弾は、アサのジーンズの左前ポケットに入っている。

　神石弾は一度に少なくとも五人の人間を転送させることができるという。神石弾を手にする術者が行き先の光景を脳裏に浮かべて呪文を唱えるのだ。転送先は術者が赴《おもむ》いたことのある場所が好ましいらしい。写真や映像で目にしただけの場所でも転送は可能だが、しくじれば、転送者の体が転送先の壁や床——もしくはそこに人や動物がいた場合はその肉体——と重なってしまうことがあるのだ。そうなれば転送者も、重なった対象も、無事では済まされない。

アサはすでに、向こうの世界で時田のマンションに潜り込んでいた。時田の住戸《じゅうこ》にも地下室にも、彼女は赴いている。祖父の五郎による調査では、こちら側の時田のマンションも作りは向こうの世界のマンションと変わらない、とのことだ。よって、この転送は容易だという。

麻美が同行を申し出たのは、アサと五郎——この二人の使命感に打たれたのに加え、麻美の知人の命がかかっている、という事態を憂慮したためだ。どうやらその知人が、最後の生け贄らしい。知人が誰なのかは目星がついている——須藤摩耶だ。恋敵でもあったが、時田への思いが冷めてしまった麻美にとっては、それほど憎い相手ではなくなっていた。摩耶の人間性に問題はあるが、その命の危機を見過ごすわけにはいかない。最後の生け贄を救うのも大切な目的だ、とアサは訴えるが、麻美の気持ちを慮ってか、須藤摩耶の名は口にしなかった。向こうの世界でも、須藤摩耶は佐々木麻美の恋敵だったに違いない。いずれにせよ、人手はほしい、とのことで、アサは麻美の「同行したい」という申し出をすぐに受け入れてくれた。

アサの「行くよ」という合図に頷いた麻美は、右手でアサの左手を握った。こうして体を繋げていなければ、麻美はここに取り残されてしまう。

「イグナイイ・イグナイイ・トゥフルトゥクングア……門の守護者よ、我の前に立ち塞がる扉を開けたまえ。イア！　イア！　ヨグ＝ソトース！」

アサが呪文を唱えた。

目が回った――ような気がした。実際には目が回ったのではなく、目に映る情景が変わったのだ。それゆえの目まいだったらしい。頭痛もするが、目まいも頭痛もすぐに失せた。体のどこかが壁や床に飲み込まれる、という事態にも陥らなかった。

空気が違っていた。薄暗く広い部屋だ。天井の常夜灯が二人を静かに照らしている。

麻美の手を離したアサが、一歩、前に出た。

「ここは都心にあるタワーマンション、その最上階……時田孝司の寝室だよ」

アサの言葉を受けて麻美は暗がりに目を走らせた。寝室なのだからベッドはあるが、そのベッドも含め、家具などの調度品のすべてが豪奢《ごうしゃ》だった。自分たち以外には、人の気配がない。

「リビングとかキッチンとかバスルームとか、ほかの部屋を調べてくるから、麻美は静かにここで待っていて。セキュリティが高いから、気をつけてね」

そう告げたアサは、麻美の返事も聞かずに静かにドアを開け、そのドアを開けたまま、寝室を出ていった。ドアの向こうも暗がりだった。

とにかく音を立ててはならない。麻美は息を潜めてその場にたたずむが、ふと、ベッドの上に置かれたものに目を引かれた。

「ここにはいないみたいね。地下室へ行こう」

寝室に戻ってきたアサが、ドアをそっと閉じながらそう告げた。

麻美はそれには答えず、右手に持つそれを突き出す。

「アサは知っていたの？」

問われたアサは、それを見て諦念《ていねん》の色を浮かべた。

「うん」と答えるアサに、麻美は右手のものを突き出したまま詰め寄った。

「最後の生け贄って、鈴音だったんだ？」

怒鳴りそうになるのをこらえつつ、麻美は手にしたそれ――鈴音のショルダーバッグを、さらに突き出した。

「向こうの世界では助けられなかった」アサは嗚咽交じりに言った。「武器になるものをあのときのわたしが持っていなかったのは事実だけど、素手でもどうにかできたかもしれない。でも、時田を斃《たお》すことも生け贄を助けることもできなかった……ううん、助ける気が失せてしまったの。だって、儀式の場へ行ってみたら、鈴音が生け贄だったんだもん。時田孝司が付き合っていたのは、須藤さんじゃなくて、鈴音だったの。鈴音は時田と付き合っていたんだよ。あの子はそれをわたしに黙っていた。わたしをだましていたの」

今日の退勤時に「時田さんのことは、もう諦めたほうがいいよ」と鈴音は言っていた。鈴音が執拗に摩耶を毛嫌いしていたのも、今なら腑に落ちる。

「でも」麻美は右手を下ろして問う。「アサは鈴音を助けたいんでしょう？」

「やっぱり友達だもん。向こうで死なせてしまったこと、とても後悔しているの」

そんなアサを前にして、麻美は鈴音のショルダーバッグを袈裟懸《けさが》けにした。

「はっきりさせておきたい」麻美はアサを見つめた。「アサが向こうの世界で行動したのはおじいちゃんの依頼があったからなんだろうけど、こちらの世界に来た理由は、邪神復活の阻止だけじゃなく、こちらの世界の鈴音を助けたかったから、そうなんでしょう？」

「そうだよ。そのとおりだよ。だからお願い、わたしに鈴音を助けさせて」

「わたしがアサの邪魔をするとでも？　アサがわたしの気持ちをわかるように、わたしだってアサの気持ち、わかるんだよ」

鈴音を助け出さなければ、アサと同じ自責の念を自分も味わうことになるのだ。

「ありがとう」と返したアサが、にじむ涙を片手でぬぐった。

「さあ、その地下室へ急ごう」

麻美はアサを促した。


二度目の転送における頭痛や目まいは一度目に比べて程度が小さく、回復も早かった。

時田の寝室と同程度の暗さだが、こちらはかなり広い空間だ。二人はその隅で、遠くの明かりから逃れるように太い円柱の陰に立っていた。すぐ近くには壁があり、円柱と壁との間に身を潜ませている状態だった。

麻美とアサは円柱の陰から明かりのほうを覗いた。

天井と床は円形だ。それぞれの直径は五十メートル以上はあるだろう。部屋というよりはホールだ。そのホールの外周に、十二本の巨大な円柱が等間隔に並んでいた。麻美たちが身を隠すのも、その一本だ。天井の高さは十メートルほどである。中央が高い穹窿《きゆうりゆう》天井だ。

ホールの中央付近では、三脚に載せたかがり籠《かご》──その四組が、一辺が五メートルほどの正方形を描くように配置されていた。それぞれのかがり籠が上げる炎が、明かりの源だった。

そんな四つのかがり火の中心に、時田と鈴音はいた。時田はスーツの上に医師の白衣のようなものをまとっていた。鈴音は退勤時の姿のままだ。二人は向かい合って立っており、こちらに正面を向ける時田は何かをつぶやき続け、背中を向ける鈴音は上半身をゆっくりと揺らしている。オレンジ色の明かりに照らされて、儀式は粛々と進行していた。

「ここはアミューズメント施設にされる予定だったそうなの」アサが小声で言った。「時田はそれを買い取って、儀式の場に仕立てたのよ」

アサが口にした成り行きはどうであれ、暗がりに目を走らせれば、儀式の場に向かって左右の壁にドアが一つずつあり、天井には明かりが消された状態の照明器具があった。

「そんなことより、早く鈴音を助けようよ」

せかす麻美も、無論、小声だ。

「まだ、だめ」アサは横目で麻美を見た。「時田に隙ができる瞬間を、じっと待つの。時田の体を借りて、ゼロワンが体の一部をここに顕現《けんげん》させる。そのときを狙うのよ」

「体の一部……何それ？」

麻美は気が滅入りそうだった。

「とにかく」アサは言った。「わたしが合図したら、わたしと一緒に走ってね。そして、わたしが時田をやっつける。あなたは鈴音を連れて、この位置に戻って」

「やっつける……って、まさか殺すの？」

「今回は、二つの神石弾、という武器がある。拳銃よりも威力があるから、時田が命を落とす可能性はあるね」

二つの神石弾をどのようにして武器にするのかは不明だが、尋常ではない計画なのは理解できた。来てしまったことを、わずかに後悔する。だが、もうあとには引けない。

「鈴音は薬で意識が混濁しているの。連れて走るのは困難だけど、なんとか頑張って」

そう告げられて、麻美は「うん」と頷いた。

「それから……無事に目的を達成したら、まずは麻美の部屋に戻ろう。そうしたら、わたしは元の世界に戻るから、悪いけど、鈴音のこと、お願いね」

「もちろんだよ」と答えた麻美は、ようやく迷いを払拭できた。

アサがジーンズの左前ポケットからもう一つの神石弾を左手で取り出した。右手には転送に使った神石弾が握られたままだ。

「あのとき」アサは言った。「鈴音は生きたままゼロワンに食べられてしまった。生きたまま体を引きちぎられて……痛かったろうに……でも、今度こそ、そんなことはさせない」

「うん、させない」

そして二人は口を閉ざし、そのときが来るものを待った。


どれほどの時間が経過しただろうか。

時田のつぶやき――否、呪文が次第に大きくなった。

「……ここに現れたまえ、クトゥルーの眷属なるガルドゥーンよ。イア！　イア！　ガルドゥーン・フタグン！　イア！　イア！　ガルドゥーン・フタグン！」

そこで呪文は終わった。時田は両腕を大きく広げて、天井を仰いでいた。

「まだ？」と麻美が小声で尋ねると、「まだだよ」とアサが小声で答えた。

時田の口が大きく開かれた。まるで叫んでいるかのごとくだが、声はない。

麻美は息を潜めてその様子に見入った。

時田の口から舌が突き出ていた。それが蛇やミミズのごとくのたくっている。長く伸びたそれは、舌というより触手だ。そしてその触手は、徐々に本数が増えていった。

「あれが……ゼロワンの体の一部？」

疑問を呈する麻美の横で、アサが「そうだよ」とささやいた。

触手をあふれさせる時田の口が、ありえないほどに大きく開いた。のたくり続ける触手が十本ほどになり、腐臭が漂った。

「今よ」とアサの声が小さく放たれた。

ホールの中央――儀式の場に向かって、麻美とアサは走り出した。

床はセラミックタイルか石なのか、固い感触だった。ホール内に二人の靴音が響くが、天井を仰いでいる時田はそのままの体勢だ。

かがり火のそばまで来て、アサは速度を落とした。麻美もそれに合わせる。

腐臭が強くなるが、麻美は吐き気をこらえた。

「鈴音を」

言われて麻美は、鈴音の背後で立ち止まり、その両肩を押さえた。覗いてみれば、鈴音の表情は恍惚としていた。

一方のアサは、鈴音と時田との間で足を止めた。そして彼女は、左手の神石弾の一端を時田に向け、右手の神石弾の一端を左手の神石弾の後部に突き当てる。

「門の守護者よ、こぶしをお借りします！」

アサが声を上げた次の瞬間、麻美は空気の震えを肌で感じ、かがり火が揺れるのを目にした。

正面に視線を戻せば、時田が上半身を大きくのけ反らせていた。そして姿勢を戻した時田が、顔をこちらに向ける。彼の口は縦横に裂けて触手の群れをあふれさせており、上顎は額にまで上がっていた。両眼の存在は確認できない。美形の時田だったが、その面影は皆無である。

「佐々木さん……なのか？　どうしてここに君がいるんだ？」

アサに向けての問いらしい。そのような口でいかにして言葉が紡げるの不明だが、明らかに時田の声だった。未練はないものの、麻美は痛々しさを覚えた。

時田の口からあふれている無数の触手が、一斉にアサに向かって伸びた。十本前後のそれらが躍りかかっても、アサは神石弾を構えている。

「門の守護者よ、こぶしをお借りします！」

再びアサが声を上げると、空気が震えるとともに、時田の体が三メートルほど後方に飛ばされた。触手を標的に届かせることができないまま、彼は仰向けに倒れた。

「佐々木さんが……二人もいる……」

仰向けの時田から弱々しい声が漏れた。

「何してんの！」

時田の言葉で気づいたのか、振り向いたアサが、麻美を怒鳴りつけた。

「う、うん」

麻美は答えると、左腕を鈴音の右脇に通し、彼女を引いて先ほどの円柱へと向かった。鈴音は麻美に引かれるままに足を動かすだけだ。当然ながら、こんな状態では全速力など出せるわけがない。それでも麻美は、早歩き程度の速度で鈴音を引き続けた。

「門の守護者よ、こぶしをお借りします！」

アサの声が上がった。

進みながら振り向くと、立ち上がったばかりの時田がまたしても後方に飛ばされた。

仰向けに倒れた時田は、すでに頭部が粉砕されて首なしの状態だった。それでも、触手の群れは時田の首の付け根からあふれてのたくっている。やがて、肉が裂けて首から胸にかけての開口部が生じ、触手の群れの出どころはその胸へと移った。

目を背けるためにも、麻美は正面に向き直り、鈴音を引いて前進した。

円柱のすぐ近くまで来たとき、足がもつれ、麻美は鈴音を巻き込む形で転倒した。幸いにも二人は支え合うような体勢であり、双方ともダメージを受けるような事態には至らずに済んだ。

「二人とも、けがはない？」

声をかけられて目を向ければ、アサが斜め後ろに立っていた。

「わたしはなんともないし、鈴音も大丈夫みたい。でも……時田さんは？」

麻美が尋ねると、アサは儀式の場に顔を向けた。

「あそこにいる」

そう告げて、アサは口をつぐんだ。

時田に起き上がる気配はないが、彼の胸の開口部から伸び出ている触手どもがのたくり続けていた。よく見れば、触手はそれぞれ時田の手足に巻きつき、その手足を時田の胸へと引いているのだ。これにも目を背けたかったが、硬直した麻美にはそれができなかった。
まるで自分の胴体にしがみつくように、時田の四肢が胸の開口部に向かって折れ曲がってい
た。それらは先端から、開口部へと引きずり込まれていく。聞こえてくるのは、骨が折れる音
や肉がちぎれる音だろう。
「時田さんが、食べられている」
麻美はつぶやいた。
「そう」アサは頷いた。「自分が崇拝する邪神……ゼロワンに、食べられているのよ」
「でもそれって、時田さんが生け贄になったことになるんじゃ……それで儀式が完遂されたこ
とになって、ゼロワンが復活するんじゃないの？」
焦燥を抑えきれず、麻美は声を震わせた。
「この儀式での生け贄は、あくまでもゼロワンに気に入られた女性なの。時田孝司は儀式に失
敗して、その制裁を受けたのよ。おそらく、向こうの世界でも、時田にはなんらかの形でゼロ
ワンによる制裁が科せられるはず」
アサの答えは麻美に安堵をもたらすが、もう一人の時田がいかなる最期を迎えるのか、それ
は想像したくなかった。
やがて時田の四肢は失せ、肩や下腹部も触手によって開口部に引きずり込まれてしまう。触
手さえもが見えなくなり、そこには黒っぽい染みだけが残った。

腐臭が弱くなった。

「終わったの？」

麻美が訊くと、アサは「うん」と答えた。

儀式の阻止は成功したらしい。

生きた心地を取り戻し、麻美は立ち上がった。しかし見下ろせば、鈴音はへたり込むような姿勢のまま意識を失っており、引き起こそうとしても微動だにしない。

「鈴音はその姿勢にしておいていいよ。このまま三人で麻美の部屋へ行こう」

「そうだね。早くここから出たい」

麻美は今の心持ちを吐露した。

「じゃあ、転送するよ」と言って、アサは左手の神石弾をジーンズの左前ポケットに入れ、その手で麻美の右手を握った。そして麻美は、左手で鈴音の右腕をつかむ。

アサの右手の神石弾が、彼女の目の高さに掲げられた。

「イグナイイ・イグナイイ・トゥフルトゥクングア……門の守護者よ、我の前に立ち塞がる扉を開けたまえ。イア！　イア！　ヨグ＝ソトース！」

そして数秒が経ったが、景色は変わらなかった。

麻美が「どうしたの？」と尋ねると、アサは首を傾げた。

「わからない。もう一度、やってみる」

答えたアサは、神石弾を掲げて呪文を唱えた。

しかし、やはり転送はなされなかった。

「こっちでやってみよう」

そう言って、アサは右手の神石弾をジーンズの右前ポケットに入れ、その右手で左前ポケットからもう一つの神石弾を取り出し、それを目の高さに掲げた。

「イグナイイ・イグナイイ・トゥフルトゥクングア……門の守護者よ、我の前に立ち塞がる扉を開けたまえ。イア！　イア！　ヨグ＝ソトース！」

呪文は唱えられたが、それから数秒が経ち、何も起こらないまま、アサは右手を下げた。

「だめだわ。二つとも、さっきの波動攻撃で壊れちゃったのかもしれない」

「そんな」麻美は驚愕に打ちのめされた。「どうしよう」

「セキュリティに引っかかっちゃうようだけど、このホールから強引に出るしかない。鈴音がそんな状態だから、エントランスまで行くのも大変そうだけど……」

「でも、セキュリティに引っかかるにせよ、このマンションから出られたとして、そのあとはどうするの？　アサは元の世界に戻れないじゃない」

他人ごとではない――勝利のあとの窮地に立たされたのは、まさしくもう一人の自分なのだ。

「心配してくれるのはうれしいけど、きっと、向こうの世界でおじいちゃんがこちら側の様子を窺《うかが》っているよ。おじいちゃんなら、なんとかしてくれるはず」

「さすがのおじいちゃんだって、神石弾がなければこちら側に来ることはできないよ」

「そんなことはあとで考えよう。とにかくこのマンションから出なきゃ」

アサが反論した直後に、背後で物音がした。

時田は消え失せたはずだが、特異点ゼロワンが滅んだわけではない。腐臭は完全になくなっているが、麻美とアサは、ゆっくりと儀式の場のほうを振り向いた。

すぐ目の前に立っていたのは、スーツ姿の男だった。しかし、時田ではない。白髪頭で小太りであり、眼鏡をかけている。背丈は麻美とほぼ同じだろう。見覚えのある好々爺だった。

「おじいちゃん……」

呆然とした様子で、アサが声を漏らした。

「いやあ、遅くなってすまなかった」

照れくさそうにその老人――佐々木五郎は言った。

「どうしておじいちゃんがここにいるの？」

そう問うアサは、まだ現状が把握できていないのだろう。それは麻美も同じだ。

「神石弾がもう一つあったんだ」五郎は右手に持つ神石弾を麻美とアサに見せた。「おじいちゃんはもう一つの神石弾を同時に掘り出していたんだ。それを思い出して家中を探し回ったら、机の引き出しに入っていたよ。いやはや、年は取りたくないもんだな。それよりも……安心していいぞ。この大騒動は、おまえのお父さんとお母さんにはまだ気づかれていない」

言葉を返せないでいるアサは完全に脱力しているようだが、麻美は感情があふれ出していた。

「おじいちゃん！」

鈴音の腕を離して、麻美は五郎に抱きついた。

「こちら側の麻美だね。本当に無事でよかったよ。もう一人の麻美に協力してくれたんだね。おじいちゃんは向こうの世界でちゃんと見ていたよ。ありがとう。どっちの麻美も、本当にありがとう」

優しく頭をなでられ、こぼれ落ちる涙をそのままに、麻美はさらに強く五郎を抱き締めた。

「新型コロナウイルスの存在しないこちら側の世界なら、面倒な対策に気をすり減らすこともなかっただろうね。まあ、あのパンデミックもほぼ沈静化したことだし……とにかく、向こうの世界から来たわれわれは、早めに向こうの世界に帰還するべきだな」

五郎は笑いながら言った。

新型コロナウイルスなど聞き覚えのない言葉だが、向こうの世界で広まった新種のコンピューターウイルスなのだろうか。しかし、そんなことはどうでもよいのだ。今はただ、祖父の胸にいたいだけだった。

五郎から渡された神石弾を使って、アサが全員を麻美の住戸の玄関に転送させた。四人がいるには狭い玄関だが、どうにか壁やドア、三和土に飲み込まれずに済んだ。照明を点けておいたため、転送後も安全かつ迅速に行動することができた。

鈴音は麻美とアサによってベッドに横にされた。五郎によれば、鈴音は明日の朝までは起きないだろう、とのことだった。無理に起こす必要はなさそうだ。鈴音との関係がどうなるか気がかりだが、明日になってから本人と話せばよい。

そしてアサと五郎は、早々にこちらの世界を去った。五郎によれば、その世界に別の世界の存在が入り込むなど、そもそもが宇宙の法則に反する行為なのだそうだ。

「世界に狂いが生じる前にここを立ち去らねばならないんだよ。すでになんらかの狂いが生じているかもしれないがね。……もうお別れだ」

名残惜しそうに五郎はそう言った。

アサと五郎が一瞬で玄関から消えたあと、麻美は鈴音のショルダーバッグをベッドの枕元に置き、自分のジャケットの内ポケットから神石弾を取り出した。持っている必要がなくなったから、という理由でアサが返してくれたのだ。無論、麻美が所有していた神石弾そのものだ。

右手のひらに載せた神石弾を見ながら、ふと、思い出す。別れ際にアサが言った言葉だ。

「おじいちゃんは二つの世界の様子を窺うことができるでしょう。だから、麻美が本当のピンチに陥った、とわかったら、わたしが宇宙の法則をぶっ壊してでも助けにくるからね」

ならば本当のピンチに陥ってみてもよいかもしれない。

麻美は笑みをこぼした。

# クトゥルー多元宇宙の侵入！

2023年 5月 27日　初 版 発 行

著 者　天満橋理花他
発行者　青 木 治 道
発 売　株式会社 青 心 社
〒550-0005 大阪市西区西本町 1-13-38
新興産ビル720
電話 06-6543-2718
FAX 06-6543-2719
振替 00930-7-21375
http://www.seishinsha-online.co.jp/


印刷・製本　モリモト印刷株式会社
ISBN978-4-87892-440-8 C0193